세워진 사람

세워진 사람

이 진 명 시 집

창비

차 례

제1부

너무 수북한

너무 수북한

너무 수북한 떨어진 잎 너무 수북한 떨어진 산새들

바위와 흙길과 침엽을 지나 골짜기

너무 수북한 손뼉들 키스들

밟으면 푹푹 쏟아지는 수북한 무덤들 젖은 나팔들

나팔들 울음에 묻혀 돌아가는 산허리 빈 손뼉소리

너무 수북한 떨어진 입 너무 수북한 떨어진 구름

바위와 흙길과 침엽을 지나 또 골짜기

너무 수북한 빨간 물 물들었던 가을 가을 일기장들

가을비

나무가 마르고 잎이 떨어지면 어떻게 되나

네가 가고 내가 가나

냉골 범골 칼바위 삼성암 빨랫골

유석조병옥묘소 공초오상순묘소 묘표 없는 처녀묘

영락기도원 까르멜여자봉쇄수도원 화계사국제선원

마른 나무 비에 젖고 떨어진 잎 비에 젖으면

너도 가고 나도 가나

거기에 가면 들을 수 있을까

거기에 가면 들을 수 있을까
밤이 와서 밤이 된 나무와
또 하나 밤이 와서 밤이 된 나무가
조그맣게 밤의 흰빛에 대해 말하기 시작하는 걸
밤의 흰빛이 실처럼 소리내어 울기 시작하는 걸

거기에 가면 볼 수 있을까
밤이 와서 밤이 된 나무와
또 하나 밤이 와서 밤이 된 나무가
가만히 밤의 흰빛을 손에 걸기 시작하는 걸
밤의 흰빛이 발을 벗으며 저를 구부리기 시작하는 걸

놀

월명암의 놀을 본 적은 없다
또 한철을 월명암에서 지내는 사람이
저무는 월명암에서 바라본 서녘하늘
놀이 좋네
무조(無調)의 목소리를 부쳐주어
월명암의 놀을 본 적은 있다
놀
놀
놀은 홀자
같이 선 짝이 없다
또 혼자야?
죽음이 번지다 입 다무는
검게 찢어지는 아가리의
월명암 놀을 본 적은 있다

고아

두려워하지 마라
새가슴처럼 뛰는구나
팔딱임을 멈추지 못하는구나
여기는 자리가 아니다 일어나라
날지 못해도
너는 날았다
아비를 날았고 어미를 날았고
형제자매를 날았다
일가친척을 날았다
집도 절도 일찍이 무너뜨려 날았다
너는 처음부터 날았던 사람
떨어지지 않았던 사람이다
두려워하지 마라
시방대천이 다 터졌다
만 개의 발우가 만발한다
문고리를 잡고 토하지 마라
심장을 다치지 마라

돌아보라

어머니가 서 있다

보관(寶冠)을 쓴 어머니가

약함(藥函)을 들고 서 있다

기적

하느님도 따로 한 봉지 챙겨 온전히 갖지 못한 하루*가
하느님도 욕심나
한 봉지 챙기고 싶어했을 만치 축복이라는 인간의 하
루가 갔다

밤이 와서, 천사가 와서
거꾸러져도 거꾸러져도 끝날 것 같지 않은 하루에
어둠의 장막을 쳐내려서
그 느꺼운 어둠을 은총처럼 온몸에 덜덜 받으며 인간
의 하루가 갔다

주여, 주여, 내가 주의 기적을 체험한 것이옵니까
은혜의 불을 입은 것이옵니까

몸을 말고 말아 풀 수 없는 자물통이 된 송충이가
몇세기 전 것일까
솔잎 물똥을 질금 흘리며 꿈틀,

자물통의 몸을 꿈틀, 펴기 시작하였으니

갈 수 없는 하루가 갔다
딸 수 없는 자물통의 입이 물러져내렸다

송충이는 꾸불텅 방향을 가늠하며
가는 하루의 기적을 통성의 눈물로 증언하리라
푸르죽한 물똥을 또 질금 흘리며 고개를 쳐들다
몰려오는 미래 새 성경 기록자들에 싸여 다시 떨었다

* 문인수 시 「최첨단」 둘째 행에서 인용함.

세워진 사람

그는 2분 전에 세워진 사람
지하철 출입구가 있는 가로
어느 방향으로도 향하지 않고
그는 2분 전에 속이 빠져나간 사람
11월 물든 잎 떨어져 쌓인 갓길 하수구
먼저 떨어진 잎 말라 구르고
구르는 잎에 오후 남은 햇빛은 비추고
리어카와 자전거와
허름한 식당들의 골목이 있고
서성거리는 짐꾼들이
리어카와 자전거에 기대 팔짱을 끼고
남은 햇빛을 쬐고 담배를 물기도 하고
가게 앞 플라스틱 쓰레기통에선 흘러내린
빈 캔과 우유팩 구겨진 빠닥종이
리어카가 움직이고 자전거가 돌고
자동차 밀고 들어와 좌우 회전을 하고
지하에서는 수개의 환승노선이 혼교하고

혼교하느라 뱉어낸 검은 숨이
입구 근처에서 자옥이 남은 햇빛에 드러나고
그는 2분 전에 뚝 끊겨 세워진 사람
끝내 이별한 사람
발이 없어진 사람
이다지도 조용한 여기
후세상의 지푸라기가 떠가고 있는 여기

모래밭에서

내가 많이 망가졌다는 것을
갑자기 알아차리게 된 이즈음
외롭고 슬프고 어두웠다
나는 헌것이 되었구나
찢어지고 더러워졌구나
부끄러움과 초라함의 나날
모래밭에 나와 앉아 모래장난을 했다
손가락 사이로 모래를 뿌리며 흘러내리게 했다
쓰라림 수그러들지 않았다
모래는 흘러내리고 흘러내리고
모래 흘리던 손 저절로 가슴에 얹어지고
머리는 모랫바닥에 푹 박히고
비는 것처럼
비는 것처럼
헌것의 구부린 잔등이 되어 기다리었다

모래알들이 말했다

지푸라기가 말했다

모든 망가지는 것들은 처음엔 다 새것이었다
영광이 있었다

영광, 영광
새것인 나 아니었더라면
누가 망가지는 일을 맡아 해낼 것인가
망가지는 것이란 언제고 변하고 있는 새것이라는 말
영광, 영광

나는 모래알을 먹었다
나는 지푸라기를 잡았다

보름달
전화

전화가 왔으면
전화가 왔으면
전화가 왔으면

명절인데 엄마는 전화도 못하나
거긴 전화도 없나
전화선 안 깔린 데가 요새 어디 있다고
무선전화 세상 된 지가 벌써 언젠데

유선이든 무선이든 전화 하나 성사 못 시키는
느려터진 보름달
둥글너부데데한 지지리 바보
얼굴 피부 하나만 허여멀건 반질해가지고
지 굴러가는 데 알기나 알까
잠실운동장의 몇백만 배 될 그런 운동장 암만 굴러도
아직 모르냐, 너, 거기 죽은 세상이란 걸

여기도 죽은 세상
거기도 죽은 세상
똑같이 죽은 세상
죽은 세상끼리 왜 통하지 않느냐

엄마는 그깟 전화 한번을 어떤 세월에 쓰려고 아끼나
할머니도 마찬가지
죽어 새 눈 떴는데
아직도 눈 어두워 숫자 버튼 하나 제대로 못 누르나

여기도 죽은 세상
거기도 죽은 세상
국번 없고 고유번호 없고
전화기 돌릴 손모가지가 없어
전화 못하긴 나도 마찬가지

오, 그렇지만 나는

빈다
빈다
빈다
아무 잘못 없는
바보 보름달에게 말도 안되는 시비하며
죽어도 마음은 있어서 빈다

전화를
전화를
전화를

고양이를 돌아보다

K도 C도 S도 Y도 모두 고양이를 기른다
독신가정이 둘 결혼가정이 둘
요새는 개보다 고양이 쪽으로 선호가 바뀌었나보다

바깥엔 버려진 고양이들이 넘쳐난다고 한다
떠돌이 고양이들 번식력이 장난이 아니어서
관계 동물보호소에선 번식을 억제하기 위해 잡아다
피임수술을 시킨다고 한다
피임수술 경비가 너무 커
안락사 문제를 논의할 단계라고 한다

오전에 아파트 상가 볼일 보러 나갔다
후미진 데서 저희끼리 할퀴는 고양이 두 마리를 봤다
돌아오는 길에 또
사람이 곁을 지나도 도망가지 않고
저희끼리 덤비고 뛰는 고양이 두 마리를 봤다
쓰레기 모아논 곳에선 꼬리 질질 끌며

느릿느릿 돌아나가는 영감탱이 같은 고양이를 봤고
모두 얼굴도 털빛도 몸매도 예쁘지 않았다

2년 전 고도(古都) 경주로 아주 내려간 친구가 있다
결혼도 안하고 애를 낳아 일찍 싱글맘 생활을 한 그녀
이제 다 키운 아들 하나와
치매의 노모를 모시고 산다
감포 바다를 멀리 바라볼 수 있어 지낼 만하다고 했다
2년 동안 서울엔 딱 한번 고양이 때문에 올라가봤다고
15년을 함께 산 고양이가 병이 들어
그곳 동물병원은 미덥지 못하고
서울 살 때 다녔던 동네의 단골 병원에 데리고 가 수술
시키고 왔다고
앞으로 얼마나 같이 살게 될지 모르겠다고 했다

나 외롭고 슬프고 아픈 일 있는데
누가 나를 하얀 융보에 싸 꼭 껴안고
이곳의 병원은 미덥지 못하다고

더 큰 서울의 잘 아는 그 병원으로 가자고
안 아프게 아픈 데를 친절히 수술해 받고
다시 내려와 죽을 때까지 이곳에서
평화롭게 평화롭게 살자고
밤의 긴 전화선을 잡은 내내
나는 아프지만 따뜻한 고양이가 되었다
앞발 뒷발 다 접고 옆으로 고이 쓰러져
천년 수중왕릉의 잠을 어르는 바다 숨 속에
슬픈 병(病) 재우고 싶은 고양이가 되었다

동물에 비호감이었던 내가
고양이 하면 이제
경주 친구의 고양이를 언제고 먼저 떠올리게 될 것 같다
경주 친구의 팔 같은 지극한
그 누구의 팔에 깊게 껴안겼다 내려진 이제부터는
남모르게 나를 고양이에 겹치게 될 것 같다

쥐가 있는 뒤통수

그가 돌아섰을 때
뒤통수, 예술의 전당처럼 우아하게 목 위에 뽑아올린
얼굴의 뒤 맨 꼭대기에서
시커먼 쥐새끼 세 마리가 튀어나와 황망히
작지도 않은 쥐새끼들이 서로 붙어서
정말 황망히, 찍찍

됐다
저리 뒤통수로는 거의 솔직히 말하였으니

그동안
그와 나 사이에 갇혀 흐르지 못하고 썩던
풀어지지 않던 덩이진 구정물이
비로소 수챗구멍을 찾았다고 흐르기 시작하는 소리

됐다
쓰라리면서도 산산한 바람

눈은 살포시, 웃음 살짝 진심으로 보내주고
산산한 바람 호흡하려니

관심 밖이었던 뒤통수와
뒤통수가 낳은 쥐새끼들로 답한 솔직한 말
괜찮고 괜찮고
대로를 내딛는 발걸음의 저항, 그 쓰라림 없진 않지만
괜찮고 괜찮고

젠장, 이런 식으로 꽃을 사나

우이동 삼각산 도선사 입구 귀퉁이
뻘건 플라스틱 동이에 몇다발 꽃을 놓고 파는 데가 있다
산 오르려고 배낭에 도시락까지 싸오긴 했지만
오늘은 산도 싫다
예닐곱 시간씩 잘도 걷는 나지만
종점에서 예까지 삼십분은 걸어왔으니
오늘 운동은 됐다 그만두자
산이라고 언제나 산인 것도 아니지
젠장 오늘은 산도 싫구나
산이 날 좋아한 것도 아니니
도선사나 한바퀴 돌고 그냥 내려가자
그런 심보로 도선사 한바퀴 돌고 내려왔는데
꽃 파는 데를 막 지나쳤는데
바닥에 지질러앉아 있던 꽃 파는 아줌마도 어디 갔는데
꽃, 꽃이, 꽃이로구나
꽃이란 이름은 얼마나 꽃에 맞는 이름인가
꽃이란 이름 아니면 어떻게 꽃을 꽃이라 부를 수 있었

겠는가

별안간 꽃이 사고 싶다

꽃을 안 사면 무엇을 산단 말인가

별안간 꽃이 사고 싶은 것, 그것이 꽃 아니겠는가

몸 돌려 꽃 파는 데로 다시 가

아줌마 아줌마 하며 꽃을 불렀다

흰 소국 노란 소국 자주 소국

흰 소국을 샀다

별 뜻은 없다

흰 소국이 지저분히 널린 집 안을 당겨줄 것 같았달까

집 안은 무슨, 지저분히 널린

엉터리 자기자신이나 좀 당기고 싶었겠지

당기긴 무슨, 맘이 맘이 아닌

이즈음의 자신이나 좀 위로코 싶었겠지, 자가 위로

잘났네, 자가 위로, 개살구에 뻑다귀

그리고 위로란 남이 해주는 게 아니냐, 어쨌든

흰색은 모든 색을 살려주는 색이라니까 살아보자고

색을 산 건 아니니까 색 갖고 힘쓰진 말자
그런데, 이 꽃 파는 데는 절 들어갈 때 사갖고 들어가
부처님 앞에 올리라고 꽃 팔고 있는 데 아닌가
부처님 앞엔 얼씬도 안하고 내려와서
맘 같지도 않은 맘에게 안기려고 꽃을 다 산다고라
웃을 일, 하긴 부처님은 항상 빙그레 웃고 계시더라
부처님, 다 보이시죠, 꽃 사는 이 미물의 속
그렇지만 다른 것도 아니고 꽃이잖아요
부처님도 예뻐서 늘 무릎 앞에 놓고 계시는 그 꽃이요
헤헤, 오늘은 나한테 그 꽃을 내주었다 생각하세요
맘이 맘이 아닌 중생을 한번 쓰다듬어주었다 생각하세요
부처님, 나 주신 꽃 들고 내려갑니다
젠장, 이런 식으로 꽃을 사다니, 덜 떨어진 꼭지여
비리구나 측은쿠나 비리구나 멀구나

제2부

거인이 왔으면

눈물 머금은 신이 우리를 바라보신다

김노인은 64세, 중풍으로 누워 수년째 산소호흡기로
연명한다
아내 박씨 62세, 방 하나 얻어 수년째 남편 병수발한다
문밖에 배달 우유가 쌓인 걸 이상히 여긴 이웃이 방문
을 열어본다
아내 박씨는 밥숟가락을 입에 문 채 죽어 있고,
김노인은 눈물을 머금은 채 아내 쪽을 바라보고 있다
구급차가 와서 두 노인을 실어간다
음식물에 기도가 막혀 질식사하는 광경을 목격하면서도
거동 못해 아내를 구하지 못한,
김노인은 병원으로 실려가는 도중 숨을 거둔다

아침신문이 턱하니 식탁에 뱉어버리고 싶은
지독한 죽음의 참상을 차렸다
나는 꼼짝없이 앉아 꾸역꾸역 그걸 씹어야 했다
씹다가 군소리도 싫어
썩어문드러질 숟가락 던지고 대단스러울 내일의

천국 내일의 어느날인가로 알아서 끌려갔다
알아서 끌려가
병자의 무거운 몸을 이리저리 들어 추슬러놓고
늦은 밥술을 떴다 밥술을 뜨다 기도가 막히고
밥숟가락이 입에 물린 채 죽어가는데
그런 나를 눈물 머금고 바라만 보는 그 누가
거동 못하는 그 누가

아, 눈물 머금은 신(神)이 나를, 우리를 바라보신다

거인이 왔으면

희귀 병마와 싸우다 일찍 죽은
한 여자 시인의 시집을 다 읽은 밤

이 밤을 뚫고 거인이 왔으면 좋겠다
거인은 아주 크고 검은 그림자
안개와 구름이 솜이불처럼 두껍게 깔린 높은 산봉우리
광휘를 터트리며 아침해 떠오를 때
반대편 구름장 위에서 보란 듯
빛바퀴 오색 커다란 원광을 두르고 온다네
원광 밝디밝고 신비로워 아름답지만
그 중심 놀랍도록 크고 검은 몸체 무시무시해
이빨을 딱딱 부딪치게 된다네

마흔세살 고요한 여자여
지붕 밑 다섯살 딸아이 머리 빗겨 두 갈래
방울고무줄로 묶어 달랑달랑 흔들리게 하지 않고
어디로 혼자 가는 노랑나비처럼 날아갔는가

감감한 들 오백리

네가 떨구고 간 너무나 선명하고 쓸쓸한 두 낱 빛가루

바구니 속의 계란 삼십 개
고이 들고 온 이것이 인생의 황금기였나*

이 밤을 뚫고 거인이 왔으면 좋겠다 무시무시한
검은 그림자로 붉게 터지는 아침태양을 맞받는
그러면서도 아름답고 신비로이 오색 광륜을 두른 거인이

그 여자 슬프고 무섭고 아름다웠으니
나도 이 밤 그와 같으니
밤을 깨 우리 슬픈 운명을 들어올려줄 거인이 왔으면

* 최영숙 유고시집 『모든 여자의 이름은』 중 「바구니 속의 계란」
에서 인용.

밥 한끼 먹으러 가는 스님

아는 스님이 남도길에서 핸드폰을 쳤다
(21세기 스님은 핸드폰을 갖는다)
들녘을 달려가는 중인데 저녁놀이 아주 좋단다
(21세기 스님은 자가용을 몬다)
밥 한끼 먹으러 가는 길이란다
(21세기 스님은 공양도 동서로 돌아다니면서 한다)

마룻바닥에 앉아 빨래 개고 있다가 전화 받았는데
처음엔 스님들 팔자도 좋네 좀 비웃었는지 모르겠다
밖의 가을이 어떤지
들판이 물들어 자빠졌는지
남도길 지는 저녁놀이 핏빛인지 구릿빛인지 했으니

초등학교 때 동창을 우연히 만났는데 그놈도 중이 됐
더라고
절 주지하는데 제 절에 와 꼭 밥 한끼 같이 먹잔다고
그래서 밥 한끼 먹으러 이렇게 달려가는 중이라고

달려라, 산을 넘고 강을 건너 타는 놀 속
옛 어깨동무 장년의 승이 되어 만나 밥 한끼 먹는 나라
비틀려 있던 내 마음에 소슬히 신국(神國)이 일어나
한 공기 밥이 번쩍 빛덩이로 받쳐들리고
은쟁반 금쟁반이 떠다니고 날아다니고 구르고

옳아옳아, 국도변에는 만발할 대로 만발한 코스모스 아이들
마지막 해거름에 까불며 엎어지며 허리가 날아가지
흙먼지를 뒤집어써도 청순하기만 한 것들

아니아니, 나도 이렇게 빨래 개다 말고 달려가고 있지 않는가
밥 한끼 먹으러
갓 낳은 신국을 벌려 지경(地境)을 넘어
서쪽 하늘에 불사발을 걸고
불멸의 숟가락을 쥐고

좋은 손, 남자들의

내민 그 남자들의 손을 골똘히 들여다보았지
손은 얼굴일 수 있을까, 있겠다
외롭고 높고 쓸쓸한* 존재의 한때를 펴 보여주니
그 남자들의 손을 맛본 이후
묵묵하던 성감이 돌올히 일어서고 깊게 물밀어갔다

한 남자는 장년의 중
젊어 중 시절 산 밖이란 모르고
공양간에 파묻혀 매일 가마솥에서
200명분의 국수를 삶고 말아냈다고
당신보다 국수 잘 삶고 장국 간 잘 맞출 거라고
어디 그 손 좀 보여주세요 하니
두 손등을 애들처럼 쭈욱 펴 내밀었다

한 남자는 장년의 산악인
결혼생활이 까닭 모르게 싫다고
어린애 둘 놓고 가버린 애엄마 대신 홀로 애들 키웠다고

아침이면 애들이 지각한다고 밥 안 먹고 갈까봐
옷 갈아입으며 가방 챙기며 쉽게쉽게 집어먹을 수 있게
애들이 왔다갔다하는 그런 곁에
빨리빨리 충무김밥 말아 김치랑 사골국물이랑
햄계란말이 반찬으로 도시락 꼬박 싸 학교 보냈다고
어디 그 손 좀 보여주세요 하니
두 손등을 애들처럼 쭈욱 펴 내밀었다

할미 어미 들처럼 부엌의 일을 알고 부엌 맛을 아는
새로운 인간의 신기한 성별(性別)만 같은 그 남자들
그들이 펴 내밀던 두 손 왜 그리 색스러웠는지
내 성감대는 떨리고, 가라앉지를 않고
좋은 손, 외롭고 높고 쓸쓸한 좋은 얼굴
얼굴, 뇌까리며 감싸 지금도 쓸고 있다

* 백석 시 「흰 바람벽이 있어」에서 인용.

'앉아서마늘까'면 눈물이 나요

처음 왔는데 이 모임에서는 인디언식 이름을 갖는대요
돌아가며 자기를 인디언식 이름으로 소개해야 했어요
나는 인디언이다! 새 이름 짓기! 재미있고 진진했어요

황금노을 초록별하늘 새벽미소 한빛누리 하늘호수
어쩨 이름들이 한쪽으로 쏠렸지요?
하늘을 되게도 끌어들인 게 뭔지 신비한 냄새를 피우
고 싶어하지요?

순서가 돌아오자 할 수 없다 처음에 떠오른 그 이름으
로 그냥
앉아서마늘까입니다 잘 부탁합니다
완전 부엌냄새 집구석냄새에 김빠지지 않을까 미안스
러웠어요
하긴 속계산이 없었던 건 아니죠
암만 하늘할애비라도
마늘 짓쩌넣은 밥반찬에 밥 뜨는 일 그쳤다면

이 세상 사람 아니지 뭐 이 지구별에 권리 없지 뭐

근데 그들이 엄지를 세우고 와 박수를 치는 거예요
완전 한국식이 세계적인 건 아니고 인디언적인 건 되
나봐요
이즈음의 나는 부엌을 맴돌며 몹시 슬프게 지내는 참
이었지요
뭐 이즈음뿐이던가요 오래된 일이죠

새 여자 인디언 앉아서마늘까였을까요
마룻바닥에 무거운 엉덩이 눌러붙인 어떤 실루엣이 허
공에 둥 떠오릅니다
실루엣의 꼬부린 두 손쯤에서 배어나오는 마늘냄새가
허공을 채웁니다
냄새 매워오니 눈물이 돌고 죽 흐르고

인디언의 멸망사를 기록한 책에 보면

예절 바르고 훌륭했다는 전사들
검은고라니 칼까마귀 붉은늑대 선곰 차는곰 앉은소 짧
막소…
그리고 그들 중 누구의 아내였더라
그 아내의 이름 까치…
하늘을 뛰어다니다 숲속을 날아다니다
대지의 슬픈 운명 속으로 사라진 불타던 별들

총알이 날아오고 대포가 터져도
앉아서마늘까는 바구니 옆에 끼고
불타는 대지에 앉아 고요히 마늘 깝니다
눈을 맑히는 물 눈물이 두 줄
신성한 머리 조상의 먼 검은산으로부터 흘러옵니다

줍지 못한 실크스카프
뱀

햇빛의 세례 무진장한 그날
교외 길 모처럼 걷는데
계속 아른아른 눈을 찔러오는 게 있었다
실크스카프?
검은 아스팔트 한가운데서 아른아른
멀리서도 색색 눈부신 것이
혹 실크스카프?

누가 버렸나 날렸나
흘렸나 떨어뜨렸나
누가 길게 하느작이는 약속시간을
저토록 날염이 아름다운 꽃피는 외출을
아스팔트 바닥에 박아놓았나

차량이 끊기기를 기다리는 동안
일곱 빛깔 무지개 날아갈까봐
색색의 잔꽃송이 뭉개질까봐

금나비 은나비 빛나는 내 나비들이
시커먼 차바퀴에 찢길까봐
천년 회당(會堂) 색유리 산산조각날까봐

차량이 끊긴 틈을 타 재빨리 뛰어갔음에도
기다리는 동안 명품이 되고도 남은
실크스카프, 얼른 주워올리지 못하고
고개 박고 들여다만 보고 들여다만 보고

화염산 지나 비단길
모래사막, 뚠황 석굴의 석벽 가르며
천년이 넘도록 극채색의
고요히 빛나는 뱀
야만 서방의 도굴꾼처럼 도끼로 찍어
부대자루에 싸 얼른 떠내오지 못하고
숨 멎어 들여다만 보고 들여다만 보고

줍지 못한 실크스카프
손대지 못한 명품 실크스카프
껍질조차 녹여내고
무늬만으로도 눈부신 생이 홀로
검은 길바닥의 화염 정적 먹으며
모래사막으로 돌아가고 있는 것을

손거스러미의 시간

이십년 직장생활 동안 스타킹
신고 벗고를 매일 매끄러이
매미 날개 떼었다 붙였다 하는 것처럼
가볍게 착오없이 해내었던
내 손, 내 이 손이 틀림없는데
이제 음률이 흘러가지 않는다
매미 날개의 노래가 번번이 찢긴다

늦게 결혼해 애 낳고 애 키우다
어렵사리 외출의 염을 내
스타킹 끌어올리는데, 그보다 먼저
막 포장 풀어 발가락 넣으려고
스타킹의 입 벌려보려는데
올, 오! 올
마치 가시가 기다렸다는 듯이
번번이 끊어 망쳐지는
올, 오! 올

모를 일, 모를 일
내 손, 처녀 적 내 이 손이 틀림없는데
모를 일, 모를 일

몇년 동안 비싼 스타킹을 버리며
어려운 외출 더 어려워하며
치마를 버리고 바지로 하며
스타킹을 잊고 양말로 하며

결혼 전 한입 해먹고 치우는
(애개개, 정말 애개개)
미혼 자취생의 물일 이력으로는
도무지 얻을 수 없는, 희귀한
손끝 가시, 손톱 곁을 둥글게 돌며 돋친
손거스러미, 아스라이
무슨 독인가를 밀어내고 있는
가슬가슬 손거스러미의 시간

일주일 안에 죽지 않는다면

외출했던 옷 그대로 식탁에 앉아 자괴한다
모든 남의 것이라는 게 이렇게 마땅치 않구나
나이 오십도 남의 것 같고
마이스터 에카르트 영성 청강도 남의 학교의 남의 것
아침 9시 강의에 맞춰 용을 써 채비해 나갔건만
왜 군이 계단을 한 층 더 올라 딴 강의실에 가 넋을 놓
고 앉아 있었을까
놀라 뛰쳐나가 아래층으로 내달렸지만
중세영성신학의 문은 굳게 닫히고
들어갈 용기 안 나 집으로 허무히 돌아왔다

우우, 난 치매야
중세영성신학이 뭣이 어떻다고?
밝다고? 어둡다고?
다시 찾아 촛불 돋우고 싶었던
젊은 날 내 '영혼의 어둔 밤'
어두웠으나 밝았던 내 중세의 깊고 푸른 옥탑

결국 지나간 남의 것 아니런가?

전화벨이 틀어지게도 울어 신경질적으로 받으니
작고 낮고 조심스러운 동창생 목소리
나 지금 우울하거든, 끊자고 말하려는데, 얼라리
오늘 아침 일을 줄줄이 사설을 붙여 대환란이라도 당
한 듯 쏟아내는 거였다
전화통 저쪽이 쥐죽은 듯해 말을 좀 쉬자 동창생년이
읊는다
너 일주일 안에 안 죽으면 다음주에 그 강의 들으러 다
시 갈 수 있어

죽는다는 말에 풀이 확 죽었는지
다음주가 있다는 말에 영혼의 어둔 밤 눈꺼풀이 확 들
렸는지
그만 내 목소리 수굿해지며
그렇구나, 맞다. 그 사실을 깜빡 잊어먹고 있었네

밝은 알전구 같은 대답을 하는 거였다

일주일 안에 죽지 않는다면 다음주가 있다고
뭐든지 이렇게 바르게 생각해낼 줄 알아야 한다고
끊어버리려던 동창생년의 전화 한 통화가
오늘 놓친 중세영성신학보다 못하지 않게
내 귓구멍을 뜻밖에 제대로 움직여줬다

핸드폰, 아, 핸드폰
고요

미아삼거리 지하철역
의자 주위에 사람들이 몰려 있었다
퉁퉁한 몸집의 젊은 여성이
주렁주렁한 옷차림에 의자를 독차지하고
목소리도 독차지하고
핸드폰 통화를 들입다 해대고 있었다

아, 아바바다바바마마다나?
어, 어버버더버버마마다나?

끊는 데도 있고 말끝은 올리고
도대체 알아들어라 반복하는데도
말 알아들을 수 없었다
다만 말끝마다 섞여드는
자신감에 찬 분명한 핸드폰, 핸드폰
그 소리만이 지하를 울렸다

해도해도 너무하게 붙어먹었던 그 자식 핸드폰을
어떻게 좀 하라는 말 같은데
어떻게 좀 하지 않으면 돌아버리겠다는 말 같은데
아무래도 이 여성은 미아처럼
핸드폰 하나 쥐고 삼거리를 미쳐 도는가본데

그러나 너무 스무드하다
핸드폰 올려쥐고 내려쥐는 손동작
무릎에서 가볍게 쉬었다 다시 귀로 끌어가는 손동작
돼지발같이 퉁퉁한 손이어도
실크천처럼 하르르 들어올려졌다 떨어지곤 하는
손동작 얼마나 스무드하고 멋스러운지
핸드폰 감싸쥔 다섯 손가락의 커브는 얼마나 묘유한지

그만 발길 돌리려다 나는
그 여성의 돼지발같이 퉁퉁한 손의 손바닥이 되었다
공수(空手)

그 여성의 손바닥은 진즉부터 다 놓은 빈 손바닥

겨울 산속
설해목이 넘어지는 불퇴의 선방에서는
디지털시대에 새로 나온
'핸드폰 켠 빈손'이라는 신(新)화두를 거머쥔 스님들이
바늘귀 떨리도록 고요히 정진하고 있었다

어디서 슬쩍 들었는데…

A한테 나의 델리키트한 고민 하나를 말한 적이 있다. 그 내용이 흥미있었는지 어땠는지는 모르겠다. 어느날 만난 B가 곁을 대며 이렇게 물어왔다. 어디서 슬쩍 들었는데… 일이 이렇고 저렇고 그렇다며? 내가 A한테 말한 조금은 델리키트한 내 얘기를 호기심 반 확인 반 아닌 척 물어보는 거였다. 아하하하, 아하하하, 어디서 슬쩍 들었는데… 누가 슬쩍 그러는데… 나는 그 얘기를 A한테밖에 말한 적 없으므로 당연히 A한테 들은 것이다. 그런데 왜 A한테 들었다고 말하면서 물어보지 않는가. A가 협박이라도 줬는가. A한테 들었다는 말 밝히고 싶지 않다면 궁금해도 물어보지 마라. 궁금해 죽겠다면 A한테 들었다고 정정당당히 밝히며 물어보라. A를 보호하지 마라. 그건 A를 보호하는 게 아니라 동댕이치는 것, 너의 삿된 속을 보호하려는 속셈일 뿐이다. 어디서 슬쩍 들었는데… 그렇게 말하는 것이 교양인의 완곡한 말법이고, 후제라도 발생할 불미스런 문제 또는 감정을 차단하는 말법이고, 관계를 무난하게 이끄는 말법이고, 아무 책임이 없는 말

법이고, 만에 하나라도 추궁받을 게 없는 말법이고, 댓가를 지불할 게 없는 이익된 말법이고, 자신의 마음은 숨기고 상대방의 마음만 알아내면 된다는 아주 고소한 말법이고, 내 것은 내놓지 않고 남의 것만 꺼내오면 된다는 아주 많이 남는 말법이고, 그러니까 고단수 아니 저급의 정치적 말법이고, 그러니까 자존심이란 없는 말법이고, 천하고 천한 말법이고, 때가 돼지껍질처럼 덕지덕지… 아하하하, 아하하하, 어디서 슬쩍 들었는데… 누가 슬쩍 그러는데… 하지만, 무시할 수 없는, 위대한, 보통사람들의 말법. 말법(末法). 망할 법. 애교가 없는, 애교를 모르는 나는 도무지 참아줄 수가 없구나. 못 참겠구나. 오바이트가 오바이트를 해서 너무 간지러워서. 어디서 슬쩍 들었는데… 이토록 애교가 넘치는 말법을 구사할 줄 아는 사람. 애교만점인 사람. 이런 사람에게는 구역질을 보낼 것이 아니라 참으로 귀여운, 귀여운 사랑을 보내야 할 터인데. 짐짓 모른 체 다 얘기해올리는 털 털 털 털털이가 되어야 할 터인데……

멸치와 며루치

작년에 이혼했다는 앞집 아주머니와 마주앉았다가
사주팔자 이야기가 나왔는데
그게 맞는 것 같더라고
자기랑 생년월일이 똑같은 친구가 있는데
그 친구도 자기처럼
꼭 며루치 같은 남자를 만났다고

며루치는 멸치일 텐데
아마도 고향이 서울이 아니라서 옛 고향 발음이 대뜸
튀어나왔을 거다
잡아찢는 듯이 뱉어내는 억양, 며루치
서울생활 28년 동안 오히려 입에 붙은 말은 멸치이지
싶은데
잡아찢는 듯이 뱉어내는 방언, 며루치
맏며느리 생활 28년에
온갖 차례 제사 다 모시고 아이들 잘 키워냈다는
아주머니의 돌멩이 같은 말마디를 끄덕끄덕 짚어나가

다가 아무래도

　서울에서 나서 서울에서 자라 서울에서 시집갈밖에 없
었던 나는

　누구랑 마주앉아 이혼 이야기 해야 할 때 도리없이

　교양 있는 사람들이 두루 쓰는 서울 표준말로

　꼭 멸치 같은 남자를 만났다고 정석으로 발음하겠지
싶다

　앞집 아주머니의 며루치와

　나의 멸치가 잠시 고요로워지더니

　까맣고 기름진 멸치똥을 흘리며 사이좋게

　이혼이라는 사태를 넘어

　거실창 투명한 바다로 미끄러져간다

고추장을 이제 뜨지 못하고
튜브 시대 1

태양초 고추장이
단지나 병, 플라스틱 통도 아닌
튜브 속에 들어가 있다
뜨지 못하고 짜야 한다

고추장을 이제 뜨지 못하고
욕실에 놓고 쓰는 클렌징폼크림처럼 짜야 한다
썬크림, 바디리페어크림처럼 짜야 한다

고추장을 짠다
젖 짜듯이, 아니 저절로 흘러넘치는 그런 것은 아니고
시인이 머리로 시를 짜듯이
학생이 성적을, 아이가 어미를 짜듯이
사랑도 당근 사랑을 짜듯이

초간편 시대에선 뭐든지 짜야 맛난다고
여행을 위해서 야외활동을 위해서라고

58

화장품 용기 같은 튜브에 들어가
화장품 냄새 같은 냄새를 피워야 한다고

한데 이 몸도 진즉 튜브 아니던가
삶이라는 큰 튜브에 담긴 작은 튜브
뚜껑도 열리고 거꾸로도 서다 찌끄러지기도 하니
살려면 짜고, 짜면 산다
이제 삶은
단지 속 들여다보며 곰곰 고추장 뜨듯이 뜰 수 없다

바깥에서 쓰고 남아 들고 온
튜브 태양초 고추장
식탁에 쭈그려져 거꾸로 있다
끝까지 쥐어짜 버리기 직전의
화이트퀄리티크림 튜브랑 어쩜 똑같이 닮았는지
고추장에선 우웩 할 것만 같은 화장품 냄새가 계속 나오고

태양초 고추장 볼펜
튜브 시대 2

아이 책상에 태양초 고추장이 팽개쳐져 있다
먹었으면 제자리에 갔다놓지 않고 맨날
냅다 소리를 쳐댔는데
아이가 깔깔거리며 놀린다
엄마 그거 볼펜이야 정말 속은 거야

핸드크림 튜브만한 튜브에 담긴 태양초 고추장을
여러 날 여행 때문에 할 수 없이 산 적이 있는데
참 별난 걸 다 만들어 팔고 사먹는다고
화장품을 짜먹는 것 같아 영 기분이 퉤퉤거렸다
그런데 어느새 애들 볼펜까지

요새는 뭐든지 튜브에 담아야 인기 있나보다
튜브에 담지 않으면 재미없나보다

아이는 태양초 고추장을 손가락에 끼우고 빙빙 돌린다
돌리며 컴퓨터 게임도 하고 만화 주인공도 그리고

인심 쓰듯 이따금 수학문제도 푼다
어쩌면 쓰기 싫은 일기를 쓰다가
어쩌면 시 같은 걸 끼적여볼지도 모르겠다

응? 시를 끼적여본다고?
아직까지는 기술이 2프로 모자라는지
볼펜이 되기 위해 딱딱하게 속벽을 칠 수밖에 없는
태양초 고추장에서 빨갛게
빨갛게 잘 익은 시가 덜덜 떨어져내리면 어떻게 하나

곧 마데카솔 연고만한 튜브에 담긴 튜브 시가
시장에 나올 것만 같은 예감
마데카솔 연고처럼 상처의 대중들에게 애용되어
인기를 누릴 것 같은 예감
튜브 시를 꾹꾹 눌러짜면
내면의 태양초 고추장이 미어지며 아프게 떨어져내릴
것이다

불안한 사슴 사진

신문에 난 시집 크기만한 사슴 사진 불안했었다
한 농가 사슴우리에서 태어난 지 엿새 된
십만 마리 중 한 마리 나올까 한다는 희귀 아기 흰 사슴
어미사슴과 함께 걸음마 배우고 있었다
세상 힘세다는 신문지면에
요렇게 힘이라곤 쏙 빠진 식물성 사진 실어도 되나
아무래도 고개가 저어졌었다

그즈음 신문들 전쟁 폭력 사진들로 완전 숯검뎅이였다
폭파돼 불타는 유전의 시커먼 연기구름
이슬람 지하 무장테러단체 인질살해 위협 사진
총칼 복면 폭탄차량 자살테러 포로학대 인질범 등의
폭력 사진들 오히려 중독돼 평범하였다

이틀, 그래 이틀 후 아침신문
동전만하게 축소된 아기사슴 사진을 다시 만났다
왜 이렇게 코딱지만해졌지, 불안하였다

어미 아기도 분간이 안되네, 불안하였다
주인이 외출한 사이 사슴우리 안까지 몰려들어와
카메라를 들이대는 인간 등쌀에 (그래, 등쌀에!)
아기 흰 사슴 태어난 지 여드레 만에 밟혀 죽고 말았다고
놀라 뛰던 큰 사슴들에게 밟혀 숨졌다고

사슴 사진 처음 봤을 적엔
아기의 흰색깔과 어미의 갈빛이 합쳐 퍼뜨리는
가는 목 가는 다리
갸름한 얼굴 가만한 몸매가 합쳐 퍼뜨리는
부드러운 평화, 연한 동경이 감도는 시정(詩情)이었다
숲속의 어리고 큰 두 나무처럼
평온과 기도의 아늑한 서정이었다
아기 흰 사슴 서는 것 아직 불안정해 다 펴지 못하는
고부라진 두 다리
세상에 조건 없이 예쁜 것은 저런 것이지 싶었다

전쟁과 테러의 검은 죽음의 문화 속에
십만 중 하나라는 희귀한 흰 사슴의 탄생이 있었지만
여드레 동안의 축복은
변색된 오십원짜리 동전 크기 사진으로 끝났다

몇날이 더 흘렀던가, 그래 몇날이 더 숨막히게 흘렀다
인질로 잡혀 석방을 고대하던 한국의 김○○ 씨가
무장테러단체 칼날 아래 무참히 살해되었다고
불안한 사슴 사진은 전조(前兆)처럼 결국
무서운 사진을 연일 덮어쓰고 말았다

제3부
바위

바위
숨은벽

우리는 죽는다
죽으면 죽음이란 없다
죽음은 거기에 있지 않고
여기에 있는 것

인수봉과 백운대 사이
숨은벽이 있다
인수와 백운 사이
겨울 숨은벽

숨은벽 오른다
숨어서도 높다 가파르다
저 아래 깊은 검은 골짜기
사지가 사방으로 흩어져 뻗은
나의 동체가 보인다
그 동체 일어나 사지를 수습하고
하, 입김을 불고

겨울 숨은벽 다시 기어오른다
죽음이 숨은벽을 오른다
이번엔 오르던 내가 교대해
저 아래 검은 골짜기로 아아악 미끄러진다
사지를 사방에 널고 동체를 안착시킨다
깍깍 환희하는 검은 까마귀떼
완료!
이상 무!

죽음은 거기에 있지 않고
여기에 있다
인수와 백운 사이
숨은벽을 끼고
평온히
우리는 산다

바위

엄마

높이 850미터

백암의 명경 속에서

엄마 앉아 바느질하네

반짇고리 옆에 붙이고

실 끝에 침 묻혀

간신히 바늘귀에 실 꿰네

꿴 실 늘여 입으로 한번에 끊네

한 가닥을 길게 빼 검지에 두 번 돌려

돌돌하게 매듭을 묶네

골무를 찾아 끼네

겨드랑이 터진 긴팔내의를 감치고

튿어진 내 교복 치맛단을 노루발 뜨네

골무를 빼 다시 끼고

이제 구멍난 양말을 깁네

숙인 파마머리 새치가 은실이네

반짝이 은실 예뻐 다가가 손대보려는데

풀린 파마머리 천천히 돌리는 엄마

무릎을 짚고 일어서는가 싶었는데
명경을 차버리고 돌풍같이 날아간 엄마
마흔일곱
오후 두시
엄마가 날아간 백암의 명경 너무 고요하네
제 얼굴을 한 금도 깨트리지 않았네
엄마를 말아간 허공도 미동 하나 없이
백치의 흰 구름만 내려놓네
저 미워할 수 없는 백치미
솜사탕 눈동자에 이슬의 발이 쳐지네
백암의 명경은 오늘
그 깊이가 850미터

바위
외할머니

할머니? 맞죠?

할머니, 어떻게 여기 와 누워 계신 거예요?

나 이 산은 처음인데

어떻게 이 산의 바위가 되신 거예요?

보자기처럼 펼쳐지셨어요

많이 그을리셨고요

살갗에 보풀이 일지 않은 데가 없어요

즐기던 담배가 태운 구멍이 안 나 있는 데가 없어요

그렇지만 생전처럼 말랑말랑 영락없는 할머니

밀반죽처럼 늘어나며 흐르고 있는 중인 것 같아요

팔 다리 어깨가 그래도 뚜렷하네요

팔 끌어안을래요

허리 밟을래요 어깨 주무를래요

배 위에 길게 누워볼래요

생전 한이불 속에서 할머니 품 파고들며

얼마나 쪼그랑이 젖가슴 조물락대고

쭈그렁 뱃가죽 주물거렸던가요

그때의 살맛 어찌 그리도
몰캉몰캉 말강말강 재미있었던지
그리운 할머니 얼굴 좀 줘봐요 비비게요
손도 이리 줘봐요 만지게요
양볼에는 뽀뽀, 할머니
깜깜하게 닫힌 무덤 속보다는
빛과 바람이 치고 노는 이 푸른 등성이가 좋지요
손녀 만나려 썩은 백골을 얼마나 추스르셨을까요
이렇게 같이 누워 쓰다듬고 냄새 맡으니
우리 지금 너무 좋지요
생전 한이불 속처럼 고소하지요
나 죽으면 할머니 옆에 와 찰싹 붙을래
마당가에 떨어진 젖은 두 벚꽃잎처럼 포개어질래
아니, 나 벌써 죽어 할머니랑 하나 된 것 아닐까
누가 심술로 떼어내보려다가
얇디얇은 죽은 두 벚꽃잎에 막무가내로 흐르는 전기
떨어지지 않는 이 과열을 욕할지도 모르겠네요

그런데, 도대체, 할머니, 어떻게, 썩은 재 되었을

　　백금가락지의 갸름했던 손가락 뻗어 내 이 발목을 잡

으신 겁니까

바위

오규원 선생님

백암은 오늘 더 심히 마른 백지입니다
불타는 백지입니다
백지를 펴놓고 허공은 더 땅땅합니다

백암에 올라 오도마니 무릎을 껴안고 있습니다
오후 두시
최고의 외로움이며 향연의 시간입니다
무색의 액체가 고이는 시간입니다

허공의 붉은 소나무와 소나무 사이
아니 푸른 소나무와 소나무 사이
크리스털 잔이 손받침도 없이 떠 건너옵니다

한적한 오후다…
불타는 오후다…
더 잃을 것이 없는 오후다…
나는 나무 속에서 자본다…*

떠듬떠듬 건너오는 잔 백지에 부을 수 없습니다
허공이 자른
가늘고 긴 뼈의 손가락 백지에 당길 수 없습니다

한 줄기 선향(線香)으로 제 살갗을 태우고만 있는
물기 싹 걷힌 백암은 오늘 더 입이 건조합니다

* 2007년 1월 21일 오규원 시인이 임종 직전 병원 침상에서 남
  긴 마지막 시.

바위
눈물

크고 넓은 바위 위에 팔 벌려 누웠다
바위가 나를 그대로 받아주는 것 같았다
아주 엎드렸다
뺨 번갈아대며 흠흠 냄새를 맡았다
손으로는 둥글게 둥글게 바위를 쓸었다
다시 뺨을 대고 가만히
무량한 시간이 흘러갔을까
핑, 바위가 돌았다
눈물 속에
그리운 잔치가 피었다
다 비웠어도 따뜻했던 찻잔의 온기
계란 속 병아리 목덜미의 보드라움
사람이 빈 들길 멀리서 오는 타는 쑥내음
나는 계속 눈물방울이 되어
바위의 살껍질 속으로 들어갔다
몸무게를 버리고 녹아들어갔다
크고 넓은 것이 그리운 나날이었다

바위

신녀(神女)

여고 문학생 시절
바위가 나오는
남몰래 간직한 시가 있었다
심심산골 바위에는 산울림 영감이 앉아
이나 잡고 홀로 살더라* 하는

그 시의 영향 때문이었을까
심심산골 산울림 할망 되어, 그런 신녀 되어
바위에 앉아 이나 잡으며 홀로 살고 싶었다

되고 싶었던 산울림 신녀는 되지 못하고
늦게 초등학교 계집애의 어망이 되어
온갖 잡동사니 어질러진 마룻바닥에 주저앉아
계집애의 긴 머리채를 놀라 뒤집는다
이를 잡아 죽이려고
줄줄이 매달린 서캐를 뜯어내려고

(요새가 어느 시대라고 아파트 애들한테 이가 다 있다
방학 때 캠프 한번 다녀오면 이를 달고 온다)
어느 시대긴, 이가 있는 시대지
느긋한 할망 되기도 틀렸는지
이른 노안에 안구건조 난시까지
서캐도 제대로 못 집어내면서
계집애의 더러운 머리털만 마구 뒤집어대고 있는

입 꾹 다문 신녀여
안경알에 누런 이슬 맺히는 신녀여
언제 돌아가 산울림 바위에 앉아
이와 손톱장난을 누려볼 것인가

* 유치환 시 「심산(深山)」.

바위

돌대가리들

지쳐 보여서였겠지만
(아파 보이기도 했을까)
너부데데 바보스러워 보이는 돌대가리 하나가
자기한테 와 좀 앉았다 가라 한다
말더듬이 말 같은 어줍은 말로 재차 권유를 한다
시큰둥이 청을 들어주는 사람처럼
돌대가리 짚고 무거운 엉덩이만 주저앉히려다
아예 등을 붙여 누워버렸다

돌대가리들, 돌대가리들이 다 이랬나
이랬었나, 뜻밖에 피 따뜻하고
살결 보드랍고
몸에선 웬 청량한 마른 쑥내음이
(맞다. 오랫동안 햇빛과 바람에 씻긴…)
더 뜻밖에
두툼한 쿠션감
자연스러이 받쳐주는 커브의 푸근한 배려

인정이란 이렇게 바보 같은 데서 오는가
돌대가리 같은 것에서
말더듬이 말같이 말이 자꾸 숨어들어가는
옛적 동네 어귀를 빙빙 돌던 팻국물 소년 같은
반벙어리 그런 어줍은 마음들에서

지쳐서였겠지만
(아파서였기도 했을까)
지나온 시간의 돌대가리들이 뒤돌아봐졌다
담벽 뒤로 잘 숨던 돌대가리들이 뒤돌아봐졌다

바위
눕는 일

크게 태어난 이 아니라면
어느 누가 평생
눕는 일
그 한길만을 갈까
그 한 가지만으로 종신할까

너는 참 잘 누웠다
뛰고 쫓아다닐 일 없이
잔나비 소견 들었다 났다 할 일 없이
지체 다 떨구고
동체만으로 푸르르구나

크게 태어나는 이들은 모두
무섭도록 깊은 숙업의 비밀을 안고 오는 것
삼라의 일 중 너의 눕는 일이
그런 비밀을 제일로 현현하는 것 같다

크고 큰 바위야

우리는 누우면 죽는데

너는 누워 바다도마와도 같이 뻗어가는구나

일월광 문지르며 백운 빨며

살껍질이 떨리도록 사는구나

허 태 수 네 집

S동 로터리에서
주유소를 끼고 계속 주택가
걷기에 좋은 비교적 넓고 깨끗한 동네길의
왼쪽 손님 많은 칼국수집을 지나 위로
오르막 끝나는 데, 골목이 양 갈래로 나뉘는
올라오는 동안 잘 손질된 정원수 담장의
고급 주택들과는 이질적인
연이은 세 채 허름한 콘크리트 집의
그 가운데 집

아아아, 누가 나한테 빨리 좀 물어줄래요
허태수네 집을 아느냐고
당신은 허태수를 모를 텐데
어떻게 허태수네 집을 아느냐고

한 추억이 있었다
이십대 데이트 시절
앞만 보고 여기 동네길 걸어올라가다가

걸음 뚝 멈추고, 여전히 앞만 보고
회심에 차 그에게 생글거리며 말했다
나, 허태수네 집이 어딘지 알아요!
그도 걸음 뚝 멈추고 두리번
잠겨 있던 뻑뻑한 목소리로
허태수가 누군데요?

연이은 세 채 허름한 콘크리트 집의
그 가운데 집
회담장에 크레용으로 제 웃통만큼은 쓴다고 쓴
오르락내리락 우툴두툴
다섯 색깔
허 태 수 네 집

허태수는 누굴까, 아니
허태수네 집, 그때
정말 거기 그렇게 다섯 색깔 있었던 것일까

옛날 보리밥집

사실 옛날 보리밥은 있어도
옛날 보리밥집은 없지요
보리밥 일부러 만들어 파는 식당은 없었단 뜻예요

옛날 보리밥집에서 친구들
오랜만에 얼굴들 보자네요
옛날 보리밥처럼 정겹자 하네요

그런데 옛날 보리밥이 정겨운 건가요
아무튼 보리밥이 정겨운 것이든
옛날이 정겨운 것이든
옛날과 보리밥을 합치면
거기에 집까지 합치면
아무래도 좀 흐트러지고 들썩거리겠지요
도망가는 보리밥알도 주워담아야겠고요

잊히지 않는 못 잊는

풀기 없는 가난한 사랑 하나는 누구라도
세월에 지지 않고 고집하고 싶은가봐요
흘러간 세월에 자유를 얻어
제1의 문화예술의 거리에 간판을 내걸고
이제 그 이름 크게 부르네요

진숙아! 경애야!
순례야! 정임아!

옛날 보리밥은 없어도
옛날 보리밥집은 무슨 법처럼 있으니
법답게 옛날 보리밥집에 가려 합니다

국제연등선원

국제연등선원
하얀 칠 양철 표지판에 검은 페인트 글씨
처음엔 숲 쪽으로 비켜 서 있어 잘 보이지 않았으나
다가갔더니 한 발짝씩 나를
저의 양철 구김 길 속으로 구부러뜨렸다
계속 구부러져 들어가던 나는
국제 뭐라는 것이 이렇게
조용하고 외딴 것인 줄 처음 알았다
국제 뭐라는 것이 이렇게
비포장의 햇살만 받아먹는 오솔길인 줄 처음 알았다
출입 방문객이란 없이 숲속 나무들만이
저희들끼리 선 채로 가고 오며 가고 오며
하늘 속에 이파리를 비벼대고 있는 곳
얼마나 구부러져 들어온 것일까 먼저 안겨드는
어린 나무들로만 낮게 이룬 정온한 정원
어린 나무와 나무가 뜻밖에 붙들고 있는 흘러내리는
플래카드

연등의 초파일이 이틀 전이었구나
무연해진 얼굴을 앞자락 훤히 트인 무논으로 보냈다
무논에 내 얼굴이 닿자
개구리들이 일제히 울어제쳤다
그 울음소리 얼마나 국제적이었던지
동시에 무논에 쏟아져 들어가는 햇빛과 하늘은
또 얼마나 국제적이었던지
국제적 소음과 빛에 갑자기 화장실이 급해졌는데
처음부터인 듯 키 작은 스님 하나 멀지 않게 서 있었다
다가가 화장실을 먼저 묻지 않고
당신은 어디에서 왔는가고 물었던가
얼굴 까무스름한 젊은 스님 서툴지도 않은 발음으로
방글라데시!
방글라데시! 그 원어발음 하나가 울려퍼지자
울퉁하게 구김 길 놓던 양철 표지판의 국제연등선원이
끌고 오던 나를 떨어뜨리며
물차게 상공으로 활개 펴 솟았다

나의 눈

너는 나의 눈을 새우눈이라 했다
너는 나의 눈을 와이셔츠 단춧구멍이라 했다
너는 나의 눈을 뱀눈이라 했다

어린 날 밥술 위에 얹힌 새우젓무침 반찬이 생각보다
고소했었다는 기억이 나
새우눈 싫지 않았다
스물 무렵 살짝 좋아했던 키 큰 그 남자
노타이에 단추 하나 풀어 셔츠 속에 바람 들게 해 부풀
렸던 모습 멋졌었다는 추억에
와이셔츠 단춧구멍 웃음 머금게 했다
무엇이든 작은 것
작아질 수 있을 때까지 작아진 것 의미롭기까지 해서
찡긋 윙크할 수 있었다

음…… 뱀, 지혜로운 뱀
아마도 어떤 시기와 질투로 나의 눈을 빗대 나를 뱀으

로, 뱀눈깔로 몰아대고 싶은 것이었겠지만, 뱀은 오래전부터 내가 맘속에 그리는 친구, 저절로 좋아하게 된 친구, 이렇게 말하려니 갑자기 너무 보고파지는 친구

긴 흐름, 긴 길, 소리 없는 집, 발 없는 발의 노래, 영원한 외줄기 외로움

옛 신작로에 가로놓였던 허물의 선연한 비단 무늬, 엄마 무덤가에 핀 고사리 뜯을 때, 고사리 잡은 손 곁으로 스으으윽 스쳐지나가던, 지나가 앞 바위를 오르기 시작하던 살진 길, 온몸 바위에 걸고 바위를 안고 바위 한가운데를 타넘어 아주 사라지던 길, 더이상 살진 길 좇을 수 없어 안타까움만 굴렀는데, 어느새 하늘치마 속으로 숨었다 피며 숨었다 피며 가던 흰 구름, 흰 구름 속 머리 긴 순례승이 나타나고, 순례승의 어깨에 걸친 외줄 악기, 맨발의 고행자의 악기, 퉁겨오는 선사(先史)의 슬픈 계면조, 떨리는 내 친구, 흰 꽃물 흩어지며 하늘에서 잠자는, 우리 다시는 만나지 못할 우정

분명 어떤 시기와 질투로 나를 썹은 것이었겠지만(의

지가지없는 이 희박한 존재에게도 시기와 질투로 씹힐 세상의 무엇인가가 남아 있다는 놀라운 경험!)

음…… 뱀, 입가에 미소가 띠어지며 그리움 일었다, 뱀의 눈이 작디작다는 것을 알려고 해본 적 없어 몰랐는데, 나의 눈이 뱀눈과 닮았다니 은은한 기쁨이 일었다, 무덤가 풀섶으로 들어가 고사리 향기에 몸을 늘이며 둥글게 놀고 싶었다, 그렇게 너의 뱀눈은 나에게로 와 째진 뱀눈이 되지 못하고, 나의 눈은 나의 눈으로 나의 눈이었다

제4부

윤희 언니

오소리한테 물어봐

왜 이렇게 발을 재게 걸어가는가
대파 한 단 사러?
대파 한 단 사러 이렇게 빨리빨리 걸어도 되는가
슈퍼가 멀어 돌아오는 시간이 만만찮다고
그래? 그럼, 돌아와야 하는가
재게재게 거기, 거기 어디로 아주 가서
남은 명(命) 파뿌리 박으면 안되는가
누가 돌아오라 그러기라도 한단 말인가
거기, 거기 어디로 아주 가서 다시국물을 내고

핸드폰이 두 번 울었다
빨리 와
배고파 죽겠어
파가 떨어졌으니 좀 기다려!

왜 이렇게 땀이 솟는가
슈퍼가 멀긴 해도 아주 먼 거리는 아닌데

왜 이렇게 닿지 않는가
혹, 혹, 제자리걸음?
그런가?
가슴이 바작바작 타는 제자리걸음?

대파 한 단을 안는 꿈이
포탄이 터지는 6·25처럼 급박한데
천원짜리 두 장을 구겨쥐고
포연이 자욱한 이곳을 왜 빨리 넘지 못하는가
어서 갔다가 다시 돌아와야 하지 않는가

춤

아이는 지금 춤이다
춤추는 게 아니고 춤이다

아이가 식탁머리에서 밥 먹다가 문득 멈추고
뭣에 겨운지 겨운 웃음을 탱탱히 머금고
제 엄마와 아빠를 번갈아 바라보며 두 눈을 빛내다
이윽고 손짓 몸짓 더불어
쟁반에 구슬 굴러간다는 꼭 그런 목소리로 말문을

너무 신기해
어떻게 이 손이 이렇게 쭈욱 나가 반찬을 집고
어떻게 이 손이 입속에다 이렇게 밥을 넣을 수 있어
내가 그러려고 생각하지도 않았는데
이 손이 저절로 그러는 거야 글쎄
너무 신기하지 않아, 정말 신기해

아이는 새 나라를 마셨다

신기함이라는 새 나라
밥 뜨고 반찬 집다가 저를 느닷없이 받쳐올려서
식탁머리에 앉은 채로 공중점프했다
숟가락과 젓가락이 부딪는 그 한가운데에서
아이는 불꽃 되어 계속 타올랐다

오직 신기함만이 일하는 시간, 춤
오직 존재의 불꽃만이 활발발 일하는 시간, 춤

서랍

딸아이는 서랍을 다 열어제치고 산다
한세상 거리낄 게 없어서
아래위 칸 돈뭉치를 공깃돌같이 굴리며
닫아 숨길 줄을 모른다

딸아이 서랍에 생리대는 아직 없지만
돈은 많다 뭉칫돈
은행놀이와 쇼핑놀이를 누가 막을까
1원짜리 플라스틱 동전에서부터
마분지돈 1만원권까지 겹겹
10만원권 축소복사 수표와
역시 축소복사한 신용카드 현금카드
수표와 카드까지라니 너무하지 싶다
손가락 끝으로 수표와 신용카드의 감촉을 느끼다가
은행에 꺼야 할 돈과 별러두었던 물건을 떠올린다
또 엊그제 연거푸 일어났던 일 떠올린다
예전에 알았던 사람이 20년 만에 전화해 느닷없이

돈 100만원을 꿔달랬던 것
금방 내줄 현금 100만원은 없기에
없다고 했더니 다음날 다시 전화해 더럽다 해대었던 것
맨날 홀러덩 아이의 서랍 금고는 열려 있고
훔쳐라, 이딴 꼬드기는 소리를 다 듣기도 하고

딸아이는 서랍을 다 열어제치고 산다
배워도 배워도 닫는 게 배워지지 않아서
자 봐라, 모은 돈을 몽땅 광고하고 산다
열린 가슴 닫지 못하는 천연의 능력이
잠시 눈부신 진짜 현금 같기도 해
서랍 발로 차 쾅쾅 닫으려다 슬그머니 발을 내리고

정돈된 집에서는

저 책장만 안 쓰러지면
집 안의 사람들도 쓰러지지 않는가
가지런히 꽂힌 책들만 쏟아져내리지 않으면
집 안의 사람들 어지러울 일 없는가
저 벽시계만
교자상만하게 걸린 액자만 떨어져내리지 않으면
아무도 다치지 않는가 무사한가
식탁 유리만, 거울만 깨져나가지 않으면
파편, 파경 맞을 일 없는가
소리가 없는 정돈된 집에서는
바보 텔레비전만 혼자 다쳐 피 흘린다
피 흘리는 입 벌려
아, 하고 오, 하며 기화요초 피운다
가화(假花)가 피고 피어 물 먹는다
떨리는 붉은 물 먹는다

자매는 어떻게 모녀가 되나

산골마을에 어린 두 자매가 살았습니다. 언니와 동생은 나이 차이가 좀 있었습니다. 그렇지만 서로 보살피고 따르며 동무같이 잘 놀았습니다. 나물 철이 되었습니다. 산으로 나물 뜯으러 오르는 게 두 자매의 일과였습니다. 그날도 하늘은 맑고 푸르렀습니다. 햇살은 한없이 퍼지며 따끈거렸습니다. 흙냄새 풀냄새 나무냄새가 산숲 새새로 흘렀습니다. 자매는 산숲냄새에 고무신을 적시며 깊이깊이 골짝을 헤쳐나갔습니다. 말도 잊고 시간도 잊고 땀방울 흘리며 열심히 나물을 뜯었습니다. 바구니가 수북하게 다 차자 자매는 발갛게 익은 얼굴을 들며 서로 함빡 웃음지었습니다. 이제 땋은 갈래머리 흔들며 집으로 돌아가도 좋았습니다. 나물바구니를 옆구리에 끼고 산을 내려오기 시작했습니다. 한참을 내려왔지만 마을까지도 아직 한참이 남았습니다. 내내 동생을 앞세우며 내려오던 언니가 그만 푹 넘어졌습니다. 굴헝을 잘못 디뎌 다리가 꺾였습니다. 나물바구니는 저만치 떨어져 뒹굴고 언니는 여느 때처럼 금방 일어나지 못했습니다. 언니는 온몸을 꼬부리고 엎어진 채로 꼼짝하지 못했습니다. 동생은 언니를 일으킬 수가 없었습니다. 어찌할 줄을 모른 채 언니, 언니, 울먹이며 불러대기만 했습니다. 언니는 어서 먼저 내려가라고 애써 시늉해 보였습니다. 동생은 다친 언니만 산속에 버려두고 혼자 내려갈 수가 없었습니다. 언니 곁을 떠나지 못해하는 동생에게 언니는 괜찮다고 어서 먼저 내려가라고 연거푸 시늉해 보였습니다. 마침내 동생은 눈물 가득 담은 눈으로 발걸음을 돌렸습니다. 산길을 내려가면서도 돌아보고 또 돌아보기를 그치지 않았습니다.

여학생 적에 어머니를 잃은 딸이 있습니다. 그 딸은 마흔이 훌쩍 넘도록 죽은 엄마를 자기도 모르게 자꾸자꾸 불렀습니다. 엄마! 엄마! 엄마! 설거지하다가도 부르고 걸레질하다가도 부르고 도마질하다가도 부르고 세수하다가도 부르고 부르고. 그 딸의 딸은 다섯 여섯살 될 때까지는 제 놀이에 빠져 모른 체 듣고만 있다가 일곱살인

가부터는 응! 응! 하고 대답하기 시작했습니다. 엄마가 된 그 딸이 엄마를 부를 때마다 그 딸의 딸이 왜! 왜! 하고 대답하는 것이었습니다. 그 딸의 딸이 아홉살 열살이 되도록 한 아이의 엄마가 된 그 딸은 죽은 제 엄마를 습관처럼 불러대고. 그럴 때마다 그 딸의 딸은 귀찮아하지도 않으며 일기숙제를 하다가도 텔레비전을 보다가도 응, 왜! 응, 왜! 대꾸해주는 것이었습니다. 얼굴은 돌리지도 않은 채로, 얼굴 보지 않아도 목소리로 옛적 때 일들 다 안다는 것처럼 넉넉히 대꾸하는 것이었습니다. 옛적 산골의 나물 뜯던 두 자매. 눈물 담은 눈으로 뒤돌아 뒤돌아보며 내려가던 동생이 언니를 일으키려고 다시 와 엄마가 되었습니다. 괜찮다고 어서 먼저 내려가라고 애써 아픔 참던 언니가 아무래도 동생이 내민 등에 업혀야겠다고 몸을 일으켜 딸이 되었습니다.

어떤 인사

뉴타운 재개발지구
이주 끝나고 철거도 끝나가는
먼지와 기계음의 해체구역
대형 불도저들만 기형적인 외팔을 늘여
철거 폐기물을 산처럼 쌓고 있는 곳
물기는커녕 독기마저 사라진 곳
집도 절도 없는 횅한 모래 비탈이 거울인 양
철근 콘크리트 폐기물 더미를 비추며
마지막 인사하는 곳
그런 인사가 있어서였을까
친자연으로 특별대우할 필요가 있는지
비탈 꼭대기 홀로 남겨진 모양 좋은 뜻밖의 복숭나무
한창 몸이 좋을 때의 젊은 엄마 같은 복숭나무
봉오리란 봉오리 다 열어
벌어지게 한상 차리듯 피워낸 복사꽃
주변 물정 모른 채 너무 연지곤지로 만발해
제 계절의 당연한 인사받기가 괜히 어려웠다

파헤쳐진 난개발 공사현장의 분수로는
젊은 엄마의 성장 넘치도록 화려하고 화사해
깊은 골 낙락장송같이 오히려 비장했다
도화살로 비유되어 비아냥 사곤 하던 복사꽃이
퍼런 비닐막이 둘러쳐진 비산먼지와 미친 소음 속에서
있는 힘 다해 봄 한가운데 날의 제철 인사를
저토록이나 독야청청 완전무결하게 보내고 있다

털을 깨거나 알을 깨거나

자기 털을 깨고 나와야 한다고
거듭나려면
재탄생, 부활하려면
르네상스하려면
자기 털을 깨고 나와야 한다고
마음에 대해 강의하는 그 박사님은
계속 털을 깨고 나와야 한다고 강조한다

털이란 말을
살면서 오늘처럼 수차례 한꺼번에
강조로 들어본 적 없다

팔뚝의 털, 겨드랑이 털
사타구니 털, 코털, 노랑털
머리카락은 머리의 털이지, 머리털
털보 등등이 계속 떠올랐는데
모두들 박사님이 날려대는 이 털을 어쩜

킥킥거리지도 않고 진지하게
표준어 틀로 반듯하게 잘 줍고 있었다

박사님이 던지는 '으' 발음이 매번 털리는 털
경상도 발음의 안되지만 되는 털로 가슴 새로 짜
창공에 자유한 새 가슴이 되어
르네상스하러 신인간하러
두 시간 반이나 꼬박 의자에 앉은 채 날아가는 사람들

굳어버린 우리는 굳어버린 경상도 발음
털, 털, 털을 통해서라도
알을 깨거나 틀을 깨거나

윤희 언니

당신이 생존해 있는지
어릴 때 일찍 하늘아기 되었는지 나는 모릅니다
나보다 아홉 살 위라지요
생존해 있다면 갑년(甲年)을 맞았을 것

나는 왠지 당신이 아주 어릴 때
아기천사 되어 하늘나라 갔다고 생각합니다
은날개 치며 회령산맥 넘어 두만강 푸른 물 위 날아
백두산과 천지를 두 바퀴는 돌아
생명의 원적(原籍) 하늘나라로 갔다고 생각하지요
가서는 성화(聖畵) 속 토실하고 발그레한 돌아기로
남과 북 한반도를 매일 하늘 대문 밀고 나와
작은 은날개 재게재게 치며
아버지 어머니 살피러 날아다니고 있다고 생각하지요
돌쟁이 당신과
사과알같이 탐스러웠을 새댁인 당신의 어머니를 두고
잠시 이남으로 피신 갔다 온다고 집을 나서서는

60년 세월 소식 없는

스물둘 젊디젊은 아버지를 이때껏 찾는 중이라고 생각

하지요

또 생존해 있을지도 모를

팔십 노모 당신의 어머니를 역시 근심하느라

함경도 땅 명천(明川) 하늘 위에서 더 많이 날갯짓한다

고 생각하지요

이북 미수복 지구 함경북도 명천

당신이 돌쟁이일 때 세상은 생난리였지요

6·25 1·4후퇴 3·8선 휴전선

중공군 인민군 연합군 인천상륙작전 원산항 흥남부두

당신은 돌쟁이일 때 동족상잔의 전쟁판을 다 맞더니

벌써 극단의 정치판에 섰지요

월남가족 반동간나새끼의 쥐새끼 에미나이

당신 윤희 언니

당신과 나는 배다른 형제
당신은 이북에서 아버지를 애기 때 잃었고
나는 이남에서 어머니를 여학교 졸업하며 잃었습니다
당신의 그 어머니는 아직 생존해 계실까요
반동가족의 탄광 같았을 굴헝을 늙도록 견딜 수 있으
셨을까요
나는 인내심 많았던 어머니를 잃자
아버지와도 저절로 헤어지게 되었습니다
내 어머니 세상 뜨자 아버지는 곧 세번째 연분을 맞았고
나와 동생들은 그 일로 부자지간의 연이 다했습니다
아버지는 당신을 놓고 온 북쪽이 뚫리기만을 고대하다
9년 만에 이남에서 다시 가정을 이뤘건만
그렇게 이룬 가정과 가족은 끝끝내 무효인 것이었는지
세번째 연분을 마치
북쪽에 두고 온 오매불망 당신과 당신의 어머니와
이산상봉이라도 한 듯 혼동하고 싶어한 아버지여서인지
일은 기다렸다는 듯 그렇게 되었습니다

실향과 이산을 겪는 모든 아버지들이 그런 어른들이

다친 뿌리의 상처를 처매고 피눈물을 그치며

오늘 이곳의 발아래 모두 어른스럽게 일어서는 것은
아니겠지요

그이들도 역시 양친의 무릎 아래서 응석부리고 싶은
아기들 아니겠어요

당신이 겪은 교과서에 나오는 6·25와 1·4후퇴를 나는
모르고

내가 겪은 교과서에는 나오지 않는

다시 일어난 6·25 찢어진 내 가족사를 당신은 모릅니다

윤희 언니, 나 당신을 보고 싶은 걸까요

이제야 대놓고 부르고 싶은 걸까요

얼굴도 모르면서, 무엇보다 생사도 모르면서

아버지 피 같다는 것 하나로

(아니요. 피, 핏줄이라는 걸 그리 대단하게 생각진 않
습니다. 상투적 습관으로 이어지는 무엇일 뿐이라는 생

각이 크지요)

   그보다는 각각 부와 모를 잃은 슬픔 아픔이 같다는 걸로
   (하긴 나는 피보다는 인간 보편의 죽음과 불가해한 이
별에 대해 알고픔이 많은 사람이긴 합니다)
   윤희 언니, 내가 먼저 가겠습니다
   함경북도 명천 땅 호남마을 이름난 명사십리로
   그곳 모래 곱고 부드럽기 한량없다지요
   하얗고도 파래 아름답기 그지없다지요
   당신은 하늘나라에서 은날개 치며 내려오고
   나는 남한 땅에서 상상의 날개 타고 올라갈께요
   만납시다
   당신은 한살배기 포동한 하늘아기
   나는 오십줄에 들어선 서울의 아파트 아줌마
   우리 만나면 바로 알아볼 것 같아요
   60년 세월의 고난과 고절, 황폐를 넘어
   내 아기야, 엄마야, 내 손주야, 할머니야
   이런 원음(原音) 저절로 발음할 것 같아요

행방불명과 사망신고, 실향과 망향의 온갖 망실로
꺼져버린 천길 물속의 혀가 자신도 모르게
울리는 원음을 토할 것 같아요
60년 세월은 또 할머니와 손녀의 시간
늙은 손과 고사리손이 모래밭에 눈 코 입을 그리죠
가운데서는 발 벗은 엄마가 십리 모래사장을 뛰며
끝도 없이 빨래를 펄럭이게 합니다
명사십리 고적한 모래밭 모래알들이 벌써
우리를 영사(映寫)시키느라 와글거리는 것 보이네요

아 참, 윤희 언니, 이런 일 있었어요
맏이인 나의 세살 때까지의 이름은
당신 이름을 그대로 따붙인 맏윤의 윤희
북쪽에 두고 온 첫아기 당신을 못내 부르고 싶은
젊은 당신 아버지 마음을 고스란히 느낄 수 있겠지요
윤희야, 윤희야, 기어다니는 당신을 불렀겠지요
내 이름은 세살 이후 다시 지어졌어요

일찍 죽을 이름이라 갈아주었다 합니다
윤희 언니, 내 이름은 진명이라고 합니다
이름자 알아야 남북이 합쳐지는 기적의 세상에서든
죽어 저세상에서든 찾아볼 수 있지 않겠어요
내가 겪은 아버지의 일로서는
당신 이름을 갓난 나에게 그대로 옮겨붙인
세살 때까지의 이 윤희 이름에 관한 일이
왠지 가장 서늘했던 일로 기억된답니다

윤희 언니, 우리 각자의 아버지를 넘어 피를 넘어
서로 모르는 어머니를 넘어
60년 분단 철조망을 넘어
아홉 살 터울 천지간 자매로만 만납시다
하늘과 땅이 낳은 자매로만 만납시다
명천 애기와 서울 아줌마로만 만납시다
남북사의 절단과 가족사의 비명
개인사의 피와 고름을 그대로 가지고도

어쩌면 마법의 장소 명사십리 시원의 모래밭에서
늦도록 두꺼비집을 2백 개도 더 지으며
두 까만 머리통 황금노을에 실컷 담가봅시다

당신 것일까
아파트 안을 돌며 조금씩 늙어가는 내 귓전으로
작은 은날개 재게재게 치는 것 같은 소리
명사십리 수많은 모래알들이 밀리는 것 같은 소리
그런 소리 올 땐 베란다로 나가
북창을 활짝 열고 멀리 삼각산 이마를 건너다봅니다
거기, 당신 윤희 언니
여전히 토실하고 발그레한 돌아기
포동한 한손을 내 아파트 쪽을 향해 뻗치며
천장의 성화처럼 떠 있습니다

■
해설

옆에 사람이 있다

신형철

1. 인간의 주소

아무리 애달아해도 인간의 주소는 하나다. 땅의 위, 하늘의 아래. 우리는 진흙의 땅에 발딛고 천상(天上)의 별을 우러르며 산다. 그것이 인간의 조건, 즉 '밭'이다. 그래서 '진흙밭'이라 하고 '별밭'이라 한다. 인간의 주소에는 시간이 흐른다. 낮에는 눈을 내려 진흙밭을 돌보니 이는 몸의 시간이고, 밤에는 눈을 들어 별밭을 지향하니 이는 마음의 시간이다. 이 시간들은 속절없는 자동사로 흐른다. 거기에는 타인이라는 목적어가 없다. 그러다 가끔 옆을 보기도 한다. 옆에, 아, 사람이 있다. 같은 진흙밭 위에 있고 같은 별밭 아래에 있는, 몸을 사용하고 마음을 다스리는, 누군가가 있다. 그때 시간은 타동사가 된다. 이제 시간은 '타인을' 흐르고, 나는 '너를' 산다. 그 사람과 사랑을 해서 사람을 낳기도 하고, 그 사람과 다투어 사람을 다치게도 한다.

시인들은 아래도 보고 위도 본다. 그리고 결정적으로, 옆을 본다. 어떤 시인에게 시는 아래를 보는 일, 우리 삶의 근본 조건을 들여다보는 성찰일 것이다. 어떤 시인에게 그것은 위를 보는 일, 삶의 구속들을 벗고 날아오르는 초월일 것이다. 이진명이 20여년 가까이 어떤 마음으로 시를 써왔는지 깊이 알지 못하나, 그녀의 시를 읽으면서 나는 옆의 의미를 자주 생각했다. 그녀의 시가 가장 아름다워지는 때는 그녀가 옆을 이야기할 때였고 그녀의 말들이 옆으로 옆으로 부드럽게 번져나갈 때였다. 그럴 때 시들은 이야기를 품었고 말들은 번지느라 길어지곤 했다. 이야기를 길게 이어가는데도 시가 되었다. 어떤 타인을 어떤 눈으로 보는가가 관건일 것이다. 대개 이 시인의 옆에는 순정한 사람들이 있었고 그녀의 눈길은 순연하였다. 이진명의 시를 읽으면 그녀의 옆자리가 부러워지고 그녀의 눈길이 내 것이었으면 싶어진다.

이를테면, 이런 곳에 식당이 있는가 싶은 곳에 있는 식당이 있고, 이런 곳에 이런 분이 사는가 싶은 이가 거기서 음식을 만들어낸다. 이 시인이 꼭 그런 식당의 주인을 닮았다. 순정한 사람들을 옆에 앉혀놓고 순연한 눈길로 들여다보는 여주인 같다. 그네의 말이 번거롭고 소란하면 그 말을 들어주느라 식사는 뒷전이 되고, 그네가 지나치게 고요하여 공기가 가파르면 이쪽에서 공연히 마음 바빠진다. 그저 차 한잔만큼의 이야기를, 찻잔 들었다 놓는 만큼만 주고받을 때가 좋다. 그렇게 어머니와의 겸상을 닮아 있을 때 식사는 가장 편안해진다. 이 시인의 이야기를 듣는 일이 그래서 이 시집은 편안했다. 들어보니 그녀의 이야기는 네 마디로 나뉘어져 있었고, 그 네마디는 또 이어져 큰 이야기 하나를 이뤄내고 있었다. 시학(詩學)을 동원해 분석하는 일이 내키지 않는다. 다만 그녀의 이야기를 순서대로 전해드리려 한다.

2. 고독의 근황

눈을 내려 아래를 보면서 그녀는 말문을 연다. 이 이야기의 첫마디(1부)는 어쩐지 잔뜩 흐려 있다. 왜일까. 왜 "너무 수북한 떨어진 잎 너무 수북한 떨어진 산새들"(「너무 수북한」)에 대해서 먼저 말해야만 했을까. '너무 수북하다'는 말은 억제된 탄식처럼 들린다. 이 시에는 간추려 옮길 만한 이야기가 없다. 그저 뭔가를 밀어내고 싶어하는 우울한 마음만 있다. 이어지는 시에서도 시절은 역시 가을이다. 아래를 보는 눈길과 버티는 듯한 목소리가 여전하면서, 억제된 탄식은 이렇게 겨우 말이 되어 나온다. "나무가 마르고 잎이 떨어지면 어떻게 되나/네가 가고 내가 가나"(「가을비」). 그렇잖아도 그녀는 "나는 내가 요새/자꾸 뭘 부른다고 생각한다" 그랬었다. "목구멍이 부어도 보채는 아이처럼" 돌아가신 엄마를 자꾸 부르노라 했다(「내가 요새 자꾸 뭘 부른다」, 『단 한 사람』, 열림원 2004). 아무래도 나는 그녀가 요새 자꾸 외로운 거라고 생각한다. 그러니 옆을 보아도 꼭 이런 사람만 눈에 띄는 거라고 생각한다.

그는 2분 전에 뚝 끊겨 세워진 사람
끝내 이별한 사람
발이 없어진 사람
이다지도 조용한 여기
후세상의 지푸라기가 떠가고 있는 여기
—「세워진 사람」 부분

역시 가을 어느날, 한 사람이 망연하다. "그는 2분 전에 속이 빠져나간 사람"이라는 시인의 짐작은 쓸쓸한 투사(投射)일 것이다. 이윽고 시인의 눈길은 잠시 그를 떠나 그 주변을 외로움으로 적셔나가기 시작한다. 말라가는 잎이 있고, 허름한 식당들이 있고, 버려진 캔과 우유팩이 있고, 지하철역 입구의 자욱한 먼지가 있다. 그러다가 다시 눈길을 그 사람에게 되돌려, 이제 알겠느냐고 묻듯이 말한다. 그는 2분 전에 이별한 사람, 그 순간 발이 없어진 사람, 뚝 끊겨 세워진 듯이 서 있는 사람, 그래서 외로움 그 자체가 되어버린 사람이라고. 이 결말이 먹먹한데 마지막 구절이 또한 묘하다. "후세상의 지푸라기"는 왜 이곳을 떠다니는가. 너무 막막해서, 현생이 아니라 후생의 지푸라기라도 잡고 싶었던 것인가. 이 '지푸라기'는 그 뒤를 잇는 시 「모래밭에서」에서도 흩날려서 "나는 지푸라기를 잡았다"라는 마지막 문장을 낳는다. "내가 많이 망가졌다는 것을/갑자기 알아차리게 된 이즈음/외롭고 슬프고 어두웠다"라는 문장으로 시작되는 시다.

모래밭에 나와 앉아 모래장난을 했다
손가락 사이로 모래를 뿌리며 흘러내리게 했다
쓰라림 수그러들지 않았다

모래는 흘러내리고 흘러내리고
모래 흘리던 손 저절로 가슴에 얹어지고
머리는 모랫바닥에 푹 박히고
비는 것처럼
비는 것처럼

　　　　　　　　　　　—「모래밭에서」 부분

　'외롭고 슬프고 어두워서' 모래밭에 왔다. 그녀가 머리
를 모랫바닥에 처박고 벌 받듯 엎드릴 때 이 시는 감정의
가장 높은 곳에 올라간다. "비는 것처럼/비는 것처럼"의
반복이 더불어 아릿하다. 어떤 이들은 이 시의 후반부에
더 눈길을 줄지도 모르겠다. 모래알과 지푸라기가 구원
처럼 건네는 "모든 망가지는 것들은 처음엔 다 새것이었
다/영광이 있었다"라는 말에 밑줄을 긋고, 공허를 이겨
내는 의지를 읽을 수도 있겠다. 이 시의 본의가 과연 그
렇다 하더라도, 우리는 그런 '서정적 반전'에 대개 냉담한
편이다. 인용한 부분이 그렇듯, 다만 아픔을 아파하는 시
간의 진실함이 더 시리다. "나는 모래알을 먹었다/나는
지푸라기를 잡았다"라는 결미에서도 우리가 느끼는 것은
그 무슨 생의 의욕 같은 것이 아니다. 저 문장은 속으로
울고 있다. 한 사람은 지하철 역 앞에서 꽂힌 듯 멈춰서

있고(「세워진 사람」), 또 한 사람은 모래밭에 얼굴을 처박고 운다(「모래밭에서」). 이 순간에 그들은 고아다.

> 날지 못해도
> 너는 날았다
> 아비를 날았고 어미를 날았고
> 형제자매를 날았다
> 일가친척을 날았다
> 집도 절도 일찍이 무너뜨려 날았다
> 너는 처음부터 날았던 사람
> 떨어지지 않았던 사람이다
> (…)
> 돌아보라
> 어머니가 서 있다
> 보관(寶冠)을 쓴 어머니가
> 약함(藥函)을 들고 서 있다
>
> ―「고아」 부분

이 세상 모든 고아들에게 띄우는 시가 이렇게 의연한 아름다움에 도달할 수 있었던 까닭을 생각한다. 불행에 빠진 이에게 감히 너의 그것은 불행이 아니라고 격려할

수 있는 자격이 아무에게나 주어지지는 않는다. 인용부
분의 전반부 8행을 보라. "날지 못해도/너는 날았다"라
는 이 역설의 단호한 따뜻함은 그 자신 역시 고아라고 믿
는 이만의 것이다. 지난 시집에 수록돼 있는 「독거초등
학생」(『단 한 사람』)이 이미 그러했다. 우리는 '서정적 반
전'에 냉담할 뿐 아니라 시인들의 '서정적 연민'에 가끔
불편해진다. 이 시인의 목소리에는 여하한 종류의 불편
한 연민도 없다. (연민이 아니라 연대가 있다. 『단 한 사
람』의 '해설'에서 권혁웅이 이미 충분히 잘 말해놓았다.)
그녀가 고아에 대해서 말할 때 그녀는 고아로서 말한다.
일찍 어머니를 여의고 아버지와도 부녀간의 연을 정리한
(「윤희 언니」) 이의 목소리로 말한다. 시의 후반부에서 시
인은 아이에게 어머니를 선물한다. 자세히 알지는 못하
나, '보관'을 썼으니 아마도 관세음보살일 테고 '약함'을
들었으니 약사여래일 텐데, 시인은 그 둘을 합친 형상의
어머니를 아이 곁에 세운다. 이 결미는 미학적으로도 윤
리적으로도 정당하다.

  어째서 '세워진 사람'이고 '모래밭의 여자'이고 또 '고
아'일까. 왜 그녀는 이렇게 외롭고, 외로운 이들만 보고,
그들에게 마음을 주는가. 50대 초반의 한 여자가 느끼는
삶의 공허가 어떤 것인지 우리는 알지 못한다. 남편과 딸

이 있는 한 여자가 왜 문득 돌아가신 어머니를 그리워하고(「보름달—전화」), 누군가의 따뜻한 병수발을 받을 수 있다면 아픈 고양이가 되어도 좋다고 생각하는지(「고양이를 돌아보다」) 깊이 알지 못한다. 다만 그녀에게 "그동안/그와 나 사이에 갇혀 흐르지 못하고 썩던/풀어지지 않던 덩이진 구정물"(「쥐가 있는 뒤통수」) 같은 것이 차올라서, 어떤 "외롭고 슬프고 아픈 일"(「고양이를 돌아보다」)이 있어서 그리 되었을 것이라고 짐작할 따름이다. 그래서 1부의 마지막에서 그녀가 소국 한 다발을 저 자신에게 건네는 "자가 위로"(「젠장, 이런 식으로 꽃을 사나」)를 보면서는 차라리 안심이 되었다. 무너지지는 않을 정도의 근황이니 다행이다 싶었다. 그녀의 첫번째 이야기를 이렇게 들었다.

3. 세상의 현황

2부의 시들을 세상의 현황에 관한 것으로 읽었다. 2부는 신문을 펼치면서 시작되고(「눈물 머금은 신이 우리를 바라보신다」) 신문을 덮으면서 끝난다(「불안한 사슴 사진」). 벤야민은 어느 글에서 신문과 이야기를 대조했다. 신문은 특정한 사건을 '정보'로 만들어 우리들의 삶에 영향을

미치지 못하게 막지만, 이야기는 그것을 전달하는 자의 삶과 어우러져 전달되므로 독자들에게 '경험'이 된다고 했던가. 과연 그렇다. 신문은 잊게 하고 이야기는 기억하게 한다. 그렇다면 후자의 일이 문학의 일일 것이다. 게다가 전달자의 육성에 힘입어야 하는 것이라면, 그것은 소설보다도 더 시의 일일 것이다. 두 편의 시에서 이진명이 하고 있는 것이 바로 그런 일이라고 생각한다. 흘러갈 사건들을 그녀의 삶 속에 비끌어매서, 어느 노부부의 죽음 혹은 어느 사슴의 죽음을, 우리가 잊지 못하게 만들려고 한다. 그 안간힘이 다음 구절들에서 아프다.

아침신문이 턱하니 식탁에 뱉어버리고 싶은
지독한 죽음의 참상을 차렸다
나는 꼼짝없이 앉아 꾸역꾸역 그걸 씹어야 했다
씹다가 군소리도 싫어
썩어문드러질 숟가락 던지고 대단스러울 내일의
천국 내일의 어느날인가로 알아서 끌려갔다
알아서 끌려가
병자의 무거운 몸을 이리저리 들어 추슬러놓고
늦은 밥술을 떴다 밥술을 뜨다 기도가 막히고
밥숟가락이 입에 물린 채 죽어가는데

그런 나를 눈물 머금고 바라만 보는 그 누가
거동 못하는 그 누가

아, 눈물 머금은 신(神)이 나를, 우리를 바라보신다
　　　　　　—「눈물 머금은 신이 우리를 바라보신다」 부분

　신문에 의하면, 중풍 탓에 거동할 수 없었던 남편은 음
식물에 기도가 막혀 죽어가는 아내를 그저 바라볼 수밖
에 없었다 한다. 이웃에 의해 발견되어 병원으로 옮겨지
던 중 남편도 아내를 따르듯 숨을 거두었다 한다. 아침
식탁에서 이 기사를 본 그녀는 그 "죽음의 참상"을 뱉어
내지도 삼키지도 못한다. 밥이 넘어가질 않아 이내 숟가
락 내던지고 만다. 그러고는 그 참상을 자기의 것으로 받
아들여 "내일의 어느날인가로 알아서 끌려"간다. 그녀는
노인이 된 자신을 생각한다. 병자의 몸을 보살피고 밥술
뜨다 죽어간 그 여자가 되어본다. 그녀의 상상 속에서 죽
어가는 자신을 지켜보는 이는 병자인 남편이 아니라 신
(神)이다. "아, 눈물 머금은 신이 나를, 우리를 바라보신
다." 이 결구는 모호해서 오래 머물게 한다. "바라만 보
는"과 "거동 못하는"에 눈길을 주면 신의 무력함을 애통
해하는 구절로 읽히고, "눈물 머금은"을 힘주어 읽으면

인간에 대한 신의 연민을 간절히 믿는 구절로 읽힌다. 우리는 시인이 진정 말하고 싶었던 것은 후자일 것이라 믿기로 한다. 신은 있다고, 그 신은 눈물 머금은 눈으로 분명 우리를 보고 있다고, 그리고 그녀는 그것을 안간힘으로 믿으려 하는 것이라고, 그렇게 읽어버렸다. 2부의 마지막 시를 당겨 읽는다.

사슴 사진 처음 봤을 적엔
아기의 흰색깔과 어미의 갈빛이 합쳐 퍼뜨리는
가는 목 가는 다리
갸름한 얼굴 가만한 몸매가 합쳐 퍼뜨리는
부드러운 평화, 연한 동경이 감도는 시정(詩情)이었다
숲속의 어리고 큰 두 나무처럼
평온과 기도의 아늑한 서정이었다
(…)
전쟁과 테러의 검은 죽음의 문화 속에
십만 중 하나라는 희귀한 흰 사슴의 탄생이 있었지만
여드레 동안의 축복은
변색된 오십원짜리 동전 크기 사진으로 끝났다
　　　　　　　　　　　—「불안한 사슴 사진」 부분

무슨 일이 일어났는가. 처음 본 것은 희귀하다는 흰 사슴이 태어났다는 기사였다. 사진이 꽤 크게 실렸었나보다. 그게 왠지 불안했던가보다. 아니나 다를까, 이틀 후에 그 사슴의 사진이 조그맣게 다시 실렸다. 사람들의 카메라 세례에 놀라 날뛰던 큰 사슴들에게 아기 사슴이 밟혀 죽었다는 기사였다. '시집 크기'만한 사진이 '동전'만한 사진으로 바뀐 사태의 의미를 그녀는 시인의 마음으로 곱씹는다. 세계의 현황이 이렇구나, 전쟁과 테러의 세계가 시정과 서정의 세계를 삼키고 있구나, 하고. 그래서 이 시에는 죽음의 검은 빛깔("전쟁과 테러의 검은 죽음의 문화")과 생명의 흰빛깔("희귀한 흰 사슴의 탄생")이 선연히 부딪친다. 이 사건은 그녀에게 또다른 참극의 한 전조처럼 보였던가보다. 다시 아니나 다를까, 며칠 후 이라크 무장단체에 납치된 김선일 씨의 죽음이 신문지상에 보도된다. 1부에 감돌던 개별자의 슬픔이 2부에 이르러 공동체의 슬픔으로 이렇게 퍼져나간다. 그러니 1부의 끝에 '자가 위로'가 있었듯 이 슬픔에도 위로가 있어야 하지 않겠는가.

　　총알이 날아오고 대포가 터져도
　　앉아서마늘까는 바구니 옆에 끼고

불타는 대지에 앉아 고요히 마늘 깝니다
눈을 맑히는 물 눈물이 두 줄
신성한 머리 조상의 먼 검은산으로부터 흘러옵니다
　　　　　──「'앉아서마늘까'면 눈물이 나요」 부분

일주일 안에 죽지 않는다면 다음주가 있다고
뭐든지 이렇게 바르게 생각해낼 줄 알아야 한다고
끊어버리려던 동창생년의 전화 한 통화가
오늘 놓친 중세영성신학보다 못하지 않게
내 귓구멍을 뜻밖에 제대로 움직여줬다
　　　　　──「일주일 안에 죽지 않는다면」 부분

　앞의 시는 이번 시집에서 가장 '재미있는' 시라고 해도
좋을 것 같다. 인디언식 별칭을 부르는 모임에 갔다. '하
늘' 어쩌고 하는 별칭으로 뭔가 "신비한 냄새를 피우고
싶어"하는 이들 가운데서 그녀는 "앉아서마늘까입니다"
라고 꿋꿋하게 말하였다. 괜한 삐딱함이 아니라 속계산
이 있었다. "암만 하늘할애비라도/마늘 짓쩌넣은 밥반찬
에 밥 뜨는 일 그쳤다면/이 세상 사람 아니지 뭐 이 지구
별에 권리 없지 뭐." 따끔한 성찰이 정색하지 않는 화법
에 실려올 때는 미소로 받아들이지 않을 수 없다. 이 부

드러운 호소력은 참으로 이 시인 특유의 것이다. 여기서 그치지 않고 이 시는, 신문기사에 관한 두 편의 시가 그러하듯, 더 넓은 층위로 자연스럽게 번져나가 "인디언의 멸망사"까지를 끌어안으면서 인용한 구절들을 들여놓는다. 인디언 여성들과의 이 조촐한 연대는 "부엌을 맴돌며 몹시 슬프게 지내는 참"이었던 그녀 자신을 위로하고, 사소한 일의 사소하지 않음에 대한 이 긍정은 "전쟁과 테러의 검은 죽음의 문화"(「불안한 사슴 사진」)를 사는 필부필부들에게도 어떤 위안이 된다.

  가사노동을 신성한 것으로 찬미하는 것이 외려 여성들을 부엌에 가둬놓는 일이 될 수 있음을 모르지 않지만, 이 시와는 무관한 일이다. 찬미와 긍정은 엄연히 다른 것이니까. '찬미'는 대상을 영원히 그 자리에 고정시켜 지켜보기 위한 것이고, '긍정'은 대상의 현재를 격려하고 미래의 변화를 독려하기 위한 것이니까. 그래서 긍정은, 그것이 타인에 의한 것이건 스스로의 것이건, 더 잘살고 싶게 만드는 힘을 갖고 있다. 인용한 두번째 시에서 친구와의 전화통화가 선물해준 것도 바로 그러한 힘이었을 것이다. 생각해보면 이 시인의 시가 그간 감당해온 세계의 가장 큰 영역도 그와 같은 긍정이 아니었던가 싶다. 예컨대 우리는 "밤에 용서라는 말을 들었다"(『밤에 용서라는 말

을 들었다』 표제시, 민음사 1992)라는 문장을 주문처럼 읊조
리다보면 정말로 뭔가를 용서받는 기분이 되곤 했던 것
을 떠올리면서 "일주일 안에 죽지 않는다면 다음주가 있
다"라는 문장을 가만히 발음해보는 것이다.

　두번째 이야기를 이와 같이 들었다. 2부의 처음에 어느
노부부의 죽음이 있고 그 끝에 흰 사슴의 죽음이 있다.
이 두 죽음이 시인에게 각별했으리라 짐작한다. 문득문
득 노년을 생각하는 나이가 되었고 흰 사슴 같은 딸아이
도 있질 않은가. 이 시인의 시를 착하다고들 하지만 그것
은 그녀의 시가 무작정 착하기만 하다는 뜻은 아닐 것이
다. 우리 삶의 정치적이고 사회적인 영역들에는 백치에
가까우면서 착하기만 한 시들은 좀 안쓰럽다. 특별히 내
세우고 있지는 않지만, 이진명의 시에는 섬세하면서 탄
탄한 관찰이 있고 은근하면서 단단한 논평이 있다. 바깥
의 일들을 말할 때에도 그녀는 그것들을 옆자리로 데려
와 말하기 때문에 어느때고 생경해지는 법이 없다. 옆을
보는 눈, 옆을 보는 시란 이런 것이다. 세상의 현황이 이
러하였으니 아프고 답답하고 두려운 날들이 적지 않았을
것이다. 이제는 신문을 덮고 어디로든 나설 일이 남아 있
을 것이었다.

4. 바위의 전언

그녀의 세번째 이야기(3부)는 의외롭게도 '바위'에 관한 것이다. 내막이 궁금하여 시인의 산문을 읽어보았다. 2006년 가을경에 문득 바위에 관한 이런저런 생각들이 쏟아지듯 흘러나왔고 한꺼번에 여섯 편의 바위 시를 썼다(「바위 하기」, 웹진 '문장' 2007년 8월). 그리고 나서 우연찮게도 암벽등반을 배우게 되었단다. 외국어를 배우는 듯 신선한 체험이었을 것이다. 바위를 "걷고 만지고 기고 끌어안고 냄새 맡았던 경험은 감각을 살아나게 했다."(같은 글) 그리고 나서 바위연작을 몇편 더 썼다. 그러니 3부에 수록되어 있는 바위연작 여덟 편 중에서, 여섯 편은 암벽등반 이전, 두 편은 이후에 씌어진 것이겠다. 대수로운 차이일 수가 없다. 등반 이전의 바위가 얼마간 관념의 대상이었다면, 이후의 바위는 감각의 대상이 되었을 것이다. 그러니 시가 도달해 있는 감각의 깊이를 살핀다면 암벽등반 이후에 씌어진 시를 골라낼 수도 있지 않을까. 아마도 다음 시는 확실히 그 두 편 중 하나일 것이라고 생각한다.

죽음은 거기에 있지 않고
여기에 있다
인수와 백운 사이
숨은벽을 끼고
평온히
우리는 산다

—「바위—숨은벽」 부분

　북한산에 올라본 이들은 알 것이다. 백운대와 인수봉
사이에는 능선이 숨어 있어 '숨은벽'이라 불리는 곳이 있
다. 그녀는 지금 숨은벽을 오르고 있다. '숨은벽'이라는
명칭부터가 시인의 시심을 자극했을 것이다. 게다가 아
슬아슬한 암벽등반의 와중이었으니 삶과 죽음에 대한 복
잡한 상념도 자욱했을 것이다. 특히 3연의 상상은 흥미
롭다. 시인은, 숨은벽 골짜기에 널브러져 있는 내 시체가
나를 대신해 산을 오르고, 살아 산을 오르던 나는 골짜기
로 추락해 죽는 모습을 상상한다. 위험한 등반의 와중에
할 법한 상상이기도 하지만, 그만큼 삶과 죽음의 거리가
아주 가까워졌기에 가능한 상상일 것이다. 그렇다면 숨
은벽은 삶 속에 있는 죽음의 가능성을 상징하는 곳이라
해도 좋을 것이다. "숨은벽을 끼고/평온히/우리는 산

다"라는 문장에는 책망의 뉘앙스가 있다. 숨은벽을 오르면서 시인은 삶 속에 들어와 있는 죽음을 사유하지 않는 삶이란 평온하되 얄팍한 것일 수밖에 없다는 깨달음을 얻었던 것 같다. 그러나 깨달음을 얻기 위해 등산을 하는 사람이 있겠는가. 그녀를 바위산으로 불러들인 내면의 곡절은 따로 있을 것이다.

> 뺨을 대고 가만히
> 무량한 시간이 흘러갔을까
> 핑, 바위가 돌았다
> 눈물 속에
> 그리운 잔치가 피었다
> (⋯)
> 나는 계속 눈물방울이 되어
> 바위의 살껍질 속으로 들어갔다
> 몸무게를 버리고 녹아들어갔다
> 크고 넓은 것이 그리운 나날이었다
>
> ─「바위─눈물」 부분

바위에 뺨을 댄 채로 흐르는 시간을 내버려두고 있다. 그러다가 그리운 것들이 생각났고 문득 눈물을 흘렸다.

"핑, 바위가 돌았다/눈물 속에/그리운 잔치가 피었다"라는 구절이 그렇게 씌어졌다. 그녀는 눈물을 흘리다가 스스로 눈물방울이 되어 바위 속을 파고들어간다. "바위의 살껍질"이라고 썼으니 이 바위는 이미 무기물이 아니라 근친이 되어 있다. 이 시 덕분에 바위 연작이 3부에 배치된 까닭을 짐작할 수 있다. 그녀는 자신의 근황과 세상의 현황 속에서 외롭고 아팠을 것이다. "크고 넓은 것", 그러니까 기댈 존재가 필요했을 것이다. 그래서 바위를 찾아 뺨을 대고는 무량한 시간을 보냈을 것이고, 거기에서 어머니(「바위-엄마」), 할머니(「바위-외할머니」), 스승(「바위-오규원 선생님」)을 보았을 것이다. 바위의 전언이 그녀에게 하산할 힘을 주었을 것이다. 우리의 상징체계 속에서 의지와 영원의 의미로 완강하던 바위는 이로써 연한 살의 이미지로 변모했다. 바위를 보면 뺨을 대고 싶어질 것 같다. 바위의 전언이 이해될 것도 같다.

뒤이어 그녀는 세 편의 시(「바위-신녀(神女)」「바위-돌대가리들」「바위-눕는 일」)를 덧붙였다. 그러나 우리는 이 시들이 그녀답지 않은 작품이라고 생각한다. 원래부터 그녀의 시에는 삶의 지혜가 은은한 향기로 배어 있었더랬다. 그것을 교훈이라 불러도 틀리진 않겠으나 그것이 교(敎)와 훈(訓)의 태세를 갖추는 일은 거의 없었다. 그냥

살아가는 이야기들을 자연의 일인 듯 들려주면, 지혜들
이 향기처럼 번져나오는 식이었다. 뜻은 앞서 나가지 않
았고 뒤에서 조용히 고이게 마련이었다. 그러나 저 세 편
의 시는 감각의 소산이 아니라 관념의 소산처럼 보인다.
물론 이런 지적은 다소 알량한 것이다. 바위의 전언이 그
녀의 삶에 약이 되었다면 그것으로 충분한 것 아닌가. 그
저 시 몇편인 것을. 쓰기 위해 사는 게 아니라 살기 위해
쓰는 것인데. 그러니 '살기 위해'가 주제라 할 만한 4부의
시들을 곧바로 읽자. 이제는 산을 내려와 집으로 가야 할
때다. 그래서 그녀의 마지막 이야기는 주로 가족을 소재
로 씌어졌다

아이는 새 나라를 마셨다
신기함이라는 새 나라
(…)

오직 신기함만이 일하는 시간, 춤
오직 존재의 불꽃만이 활발발 일하는 시간, 춤
—「춤」 부분

딸아이는 서랍을 다 열어제치고 산다

배워도 배워도 닫는 게 배워지지 않아서
자 봐라, 모은 돈을 몽땅 광고하고 산다
열린 가슴 닫지 못하는 천연의 능력이
잠시 눈부신 진짜 현금 같기도 해
서랍 발로 차 쾅쾅 닫으려다 슬그머니 발을 내리고

—「서랍」 부분

　4부에 배치되어 있는 다른 두 편의 시를 보면 그녀는
아직 바위산에서 충분히 내려오지 못한 것처럼 보이기도
한다. 마음이 집에 깊이 닿아 있지가 않다. 대파를 사러
슈퍼로 가는 길에서 그녀는 꼭 가야만 하는가, 가서는 꼭
되돌아와야 하는가를 물으며 서성거리고 있고(「오소리한
테 물어봐」), 잘 정돈된 집이라고 해서 과연 아무 문제 없
는 집인가, 정돈된 외양 밑에서 은밀하게 파경의 기운이
흐르고 있지는 않은가를 물으며 다소 예민해져 있다(「정
돈된 집에서는」). 그래서 이 두 작품 사이에 딸을 소재로
한 두 편의 해맑은 시가 놓여 있는 것이 예사롭지가 않
다. 사소한 일상에서 신기함을 찾아내는 아이의 모습을
통해 "존재의 불꽃"이 추는 춤을 보고(「춤」), 제 서랍을 활
짝 열어놓기 일쑤인 아이에게서 "천연의 능력"을 배운다
(「서랍」). 어쩌면 이 '춤'과 '능력'은 시인의 근황과 세상의

현황을 반전시키는 힘이 될지도 모른다. 이제 마지막 시를 읽는다.

> 윤희 언니, 나 당신을 보고 싶은 걸까요
> 이제야 대놓고 부르고 싶은 걸까요
> 얼굴도 모르면서, 무엇보다 생사도 모르면서
> 아버지 피 같다는 것 하나로
> (아니요. 피, 핏줄이라는 걸 그리 대단하게 생각진
> 않습니다. 상투적 습관으로 이어지는 무엇일 뿐이라는
> 생각이 크지요.)
> 그보다는 각각 부와 모를 잃은 슬픔 아픔이 같다는
> 걸로
> (하긴 나는 피보다는 인간 보편의 죽음과 불가해한
> 이별에 대해 알고픔이 많은 사람이긴 합니다)
> 윤희 언니, 내가 먼저 가겠습니다
>
> ─「윤희 언니」 부분

시인에게는 그 생사를 모르는 배다른 형제가 있다. 동생은 남에, 언니는 북에 있다. 이제야 그 언니의 안부를 묻는다. 1부에서 본 대로 그녀가 지금 삶의 한 고비를 맞았기 때문일 것이다. 고독 속에 있다보니 인간은 상처로

소통한다는 사실을 새삼 느꼈기 때문일 것이다. 그래서 그녀와 같은 상처를 겪었을 윤희 언니가 이제 마음속으로 들어올 수 있었을 것이다. 이 시가 분단의 비극과 통일의 염원을 노래하고 있다는 식의 설명이 틀린 것은 아니겠으나 감동의 근원이 거기에 있다고 말하기는 어려울 것 같다. "우리 만나면 바로 알아볼 것 같아요/60년 세월의 고난과 고절, 황폐를 넘어/내 아기야, 엄마야, 내 손주야, 할머니야/이런 원음(原音) 저절로 발음할 것 같아요." 말하자면 '원음의 세계'에 대한 애틋한 지향이 여기에 있기에 감동적인 것이다. 그 지향이 최후의 장벽이라 해야 할 분단에까지 도달한 것이다. 옆을 보는 시선이 38선 저쪽에까지 가닿은 것이다.

이 시가 이번 시집 전체의 필연적인 귀결임을 알겠다. 맨 앞에서 시인은 황량한 외로움을 이야기하며 말문을 열었다. 이어 그 외로움을 타인들의 고통과 포개어 보면서 세상의 현황을 성찰하였다. 바위를 찾아 혈육과 스승의 체온을 느끼고 마음의 공허를 다스리기도 했다. 다시 집으로 돌아와 이제는 상처의 공동체를 이야기한다. 그 과정에서 그녀의 눈길은 처음에는 아래를 향해 소멸해가는 것들을 응시했고(1부), 아래에서 옆으로 눈길을 돌려 세상의 그늘을 아파했으며(2부), 이 모든 것들을 치유하겠다는 듯 눈길을 위로 돌려 산에 올랐고(3부), 다시 지상으로 내려와 더 깊고 넓은 눈으로 옆을 보고 있다(4부). 결국 이렇게 옆을 보기 위해 먼 길을 돌아온 것이었다. 그리고 마침내 "윤희 언니, 내가 먼저 가겠습니다"라고 말할 수 있게 되었다. 이 시집의 이와 같은 경로는 정당하고 또 아름답다.

5. 원음의 세계

우리는 여기까지 들었다. 훼손 없이 전달되었는가. 뜻이야 옮길 수 있지만 표정이야 어디 옮겨지던가. 그녀처럼 말들의 표정이 각별히 섬세한 경우에는 더욱 그러한 것이다. 다만 우리는 이진명의 네번째 시집을 밥상처럼 받아 읽고 몸과 마음이 연해졌으니 고마울 따름이다. 지난 시집에서 시인은 이렇게 적었다. "속이 연하고 조용해지면/생각이 높아지는 법//생각이 높아지면/모든 지상의 것들에게로 겹으로 스미리."(「죽집을 냈으면 한다」, 『단한 사람』) 그러나 내 생각은 높아지지 않아, 그저 이런 궁리만 해본다. 우리가 보는 별밭이 저쪽에서는 진흙밭이고, 우리가 디딘 진흙밭이 저쪽에서는 별밭 아닌가. 이 시인은 그 사실을 잘 알고 있지 않은가. 그녀의 시는 진흙에서 별을 보고 별에서 진흙을 보는, 느리고 진지한 성찰의 산물이다. 진흙과 별은 하나다,라고 말하지는 말자. 그것은 거짓말이다. 시인은 그저 "나는/별일까/진흙일까"(『단 한 사람』 표제시)라고 묻는 사람이다. 이 물음은 끝내 해결되지 않는 것이 좋겠다. 그 물음만이 아름다운 참말이고 그 물음을 품고 있는 사람만이 겸허하게 옆을 볼 것이다.

그녀는 거짓말을 하지 않으니까 그렇다면 이런 말도 참말일 것이다. "이 저녁도 길에 지친 행인들의 쓰린 속이 보인다/세상 폭력이 보인다/환중(患中)의 헐은 내벽이 보여// 흰죽, 검은깨죽, 야채죽/비집고라도 죽집을 내봐야겠다."(「죽집을 냈으면 한다」) 그녀가 실제로 죽집을 냈다는 소식을 들은 바 없으나 아무래도 좋다. 그녀는 시인이니까, 시집을 내는 게 맞다. 시집이 죽집이다. 시인의 참말들이 "환중의 헐은 내벽"을 어루만진다. 그 원음의 세계가 차갑고 가파른 말들을 둥글게 데운다. 시를 읽는 일은 거짓말을 밥 먹듯이 하는 이가 참말들로 끓인 죽 한 그릇 얻어먹는 일이 아닌가. 저 자신 거짓말에 능한 자일수록 타인의 말이 참인지 아닌지 정확히 알아듣는 법이다. 이 거짓말쟁이가 보기에 이번 시집도 언제나처럼 참

말들로 깊이 끓여낸 죽 같다. 이제 당신에게 이 자리를
내주어야지. 그저 이렇게만 말하고, 나는 일어서려 한다.
감사합니다, 이번에도 잘 먹었습니다.

申亨澈 | 문학평론가

■

시인의 말

 이번 시집을 엮으며 죽은 엄마와 외할머니를 많이도 불렀다. 얼굴도 생사도 모르는 이북의 이복 윤회 언니까지 불러댔다. 세상에는 이름 부를 이가 없어 몸 없는 그들을 불러댔다. 몸 없어 차가운 그들만이 따뜻하여서 그립고 그리웠던 것. 나는 어려운 시간을 지나고 있었던 것이다. 그들은 많이 성가셨을 텐데 다 나한테 왔다갔다. 고맙다.
 그런 속에서 예기치 않은 습작시절의 추억이 찾아왔다.
 그 옛날 습작노트가 바뀔 때마다 맨 앞장에 좌우명처럼 박아놓았던 문장.

 ─내 나라는 이 땅에 있지 않다.
 ─회복된다는 것이 두렵다 또 질병은 오리니.

 두 문장 다 어디에서 베껴온 것. 이런저런 남독 속에서 출처도 모른 채 내 것인 양 가졌던 문장이다. 그걸 다시 읊으려니 어리고 비려 고개 돌려 비웃고 싶어진다. 비웃고 싶어진다는 것은 오늘의 일이지만, 습작시절의 어리고 비린, 그 힘껏 꾼 꿈은 다시 얻을 수 없고 만들 수 없다. 순결하고 고귀하다.

나 오랫동안 먹고 싸고 입고 바르느라고 끝도 없이 전락해 귀하고 중한 처음의 마음을 많이 잃었다. 그 마음 다시 아리게, 그러면서 따뜻하게 나를 건져주려 가난한 습작시절의 노트가 찾아와준 것은 복된 일이다.

그런 한편 지금 나는 이렇다.

내 나라가 이 땅에 있지 않으면 그럼 어디 있느냐. 이 땅에서 뜯어먹지 않으면 어디 가서 뜯어먹겠다는 거냐. 그리고 회복된다는 것이 두렵다고? 또 질병이 올 것이니까? 회복된다는 것은 대환영할 일이고, 다시 질병이 온다는 것은 새롭고 재미나는 일이다. 오라, 주는 대로 받아먹겠다.

"제 곡을 불며" "무심하게" "무섭게"(황현산) 다음의 시들에게로 가고 싶다.

2008년 3월
새봄을 맞으며
이진명

창비시선 285
세워진 사람

초판 1쇄 발행/2008년 3월 20일
초판 4쇄 발행/2013년 11월 11일

지은이/이진명
펴낸이/강일우
책임편집/박신규
펴낸곳/(주)창비
등록/1986년 8월 5일 제85호
주소/413-120 경기도 파주시 회동길 184
전화/031-955-3333
팩시밀리/영업 031-955-3399 · 편집 031-955-3400
홈페이지/www.changbi.com
전자우편/lit@changbi.com